PATRICK MODIANO UM CIRCO PASSA

CIRCO PASSA PATRIC

MODIANO

UM CIRCO PASSA

PAT

UM CIRCO PASSA

PATRICK MODIANO

UM CIRCO PASSA

CARAMBAIA

ilimitada

Patrick Modiano

Um circo passa

Tradução e posfácio
BERNARDO AJZENBERG

Para meus pais

Eu tinha 18 anos e aquele homem de cujo rosto não lembro mais datilografava minhas respostas enquanto eu lhe informava meu estado civil, meu endereço e minha suposta condição de estudante. Ele perguntou o que eu fazia nas horas vagas.

Hesitei por alguns segundos:

— Vou ao cinema e a livrarias.

— O senhor não frequenta apenas cinemas e livrarias.

Citou o nome de um café. Embora eu dissesse que nunca tinha posto os pés ali, senti que ele não acreditou em mim. Ao final, decidiu datilografar a seguinte frase:

"Passo minhas horas vagas no cinema e em livrarias. Nunca frequentei o café Tournelle, localizado no número 61 do cais de mesmo nome."

Seguiram-se mais perguntas sobre o emprego que eu fazia do meu tempo e sobre meus pais. Sim, eu frequentava as aulas da faculdade de Letras. E não arriscava nada dizendo-lhe essa mentira porque eu estava de fato matriculado nessa faculdade, embora apenas para poder prorrogar minha dispensa do serviço militar. Quanto aos meus pais, tinham viajado para o exterior e eu ignorava quando voltariam, se é que um dia voltariam.

Ele então citou o nome de um homem e de uma mulher perguntando se os conhecia. Respondi que não. Pediu que eu pensasse bem. Se não dissesse a verdade, isso poderia trazer graves consequências para mim. Essa ameaça foi pronunciada em um tom de voz calmo, indiferente. Não, eu realmente não conhecia aquelas duas figuras. Ele datilografou minha resposta e em seguida me estendeu a folha de papel, que trazia na parte inferior os seguintes dizeres: lido, de acordo, assinado. Sem nem mesmo reler meu depoimento, assinei o papel com uma esferográfica que estava sobre a mesa.

Antes de sair, eu quis saber por que tinham me interrogado.

— Seu nome estava na agenda de uma pessoa.

Mas ele não me disse quem era essa pessoa.

— Se precisarmos novamente do senhor, nós o convocaremos.

Acompanhou-me até a porta da sala. Sentada no banco de couro do corredor havia uma moça de uns 22 anos.

— Sua vez agora – disse ele à moça.

Ela se levantou. Trocamos olhares. Através da porta, que ele deixou entreaberta, eu a vi sentar-se na mesma cadeira que eu ocupava poucos minutos antes.

*

Saí para o cais. Eram cinco da tarde mais ou menos. Caminhei um pouco na direção da ponte Saint-Michel pensando em aguardar a saída da moça depois de seu interrogatório. Mas eu não podia ficar parado na frente da entrada do prédio da polícia. Decidi me refugiar no café que fica na esquina do cais com o bulevar do Palais de Justice. Mas e se ela pegasse o caminho oposto, na direção da Pont-Neuf? Nem sequer pensei nisso.

Sentei-me na parte interna do terraço, atrás da vidraça, com os olhos voltados para o cais Orfèvres. O interrogatório dela foi muito mais demorado do que o meu. A noite já havia chegado quando a vi caminhando em direção ao café.

No momento em que passou na frente do terraço, dei uma batidinha no vidro. Ela me olhou surpresa, entrou e veio até mim.

Sentou-se à mesa como se já nos conhecêssemos e tivéssemos marcado um encontro. E foi a primeira a falar:

— Fizeram-lhe muitas perguntas?

— Meu nome estava escrito na agenda de uma pessoa.

— Sabe quem é essa pessoa?

— Não quiseram me dizer. Mas talvez você mesma possa me dar essa informação.

Ela franziu as sobrancelhas.

— Qual informação?

— Achei que o seu nome também estava nessa agenda e que foi interrogada pelo mesmo motivo.

— Não. Fui apenas depor como testemunha.

Parecia preocupada. Tive a sensação de que pouco a pouco ela tinha até mesmo se esquecido da minha presença. Fiquei em silêncio. Ela sorriu para mim. Perguntou quantos anos eu tinha. Aumentei em três anos dizendo que tinha 21, idade da maioridade naquela época.

— Você trabalha?

— Eu vendo livros em domicílio – respondi sem pensar muito, mas num tom que me esforcei para ser bastante firme.

Ela me olhou de alto a baixo, certamente para ver se podia confiar em mim.

— Posso lhe pedir um favor? – perguntou.

*

Na praça do Châtelet, ela quis pegar o metrô. Era o horário de pico. Ficamos apertados, perto das portas. A cada estação, os que desciam nos empurravam para a plataforma; depois voltávamos para dentro junto com os novos passageiros. Ela apoiou a cabeça no meu ombro e disse que "ninguém poderia nos encontrar no meio desta multidão".

Na estação Gare-du-Nord, seguimos o fluxo de passageiros que avançava na direção dos trens de subúrbio. Cruzamos o saguão da estação e na área dos guarda-volumes ela abriu um armário e tirou dali uma mala de couro preto.

A mala era muito pesada. Enquanto a carregava, eu me dizia que certamente não eram roupas que havia ali dentro. Tomamos o metrô de novo, na mesma linha, mas na direção oposta. Dessa vez conseguimos viajar sentados. Descemos na estação Cité.

No final da Pont-Neuf, esperamos o sinal abrir. Eu estava cada vez mais ansioso. Perguntava-me qual seria a reação de Grabley ao chegarmos no apartamento. Será que eu devia contar alguma coisa a ela sobre Grabley, para que não fosse pega de surpresa com a presença dele?

Caminhamos ao longo do prédio da Monnaie. Ouvi o relógio do Institut de France bater nove horas.

— Tem certeza de que não vou incomodar ninguém indo na sua casa? – perguntou.

— Não. Ninguém.

Não havia luz em nenhuma das janelas do apartamento que davam para o cais. Teria Grabley já se recolhido ao seu quarto, que dava para o pátio interno do prédio? Ele costumava estacionar no meio da pracinha que forma uma espécie de bolsão entre a Monnaie e o Institut, mas o carro não estava lá.

Abri a porta do quarto andar e atravessamos o vestíbulo. Entramos no cômodo onde antes ficava o escritório de meu pai. A iluminação provinha de uma lâmpada nua pendurada no teto. Não havia móvel algum, a não ser um sofá velho grená com estampa de plantas.

Deixei a mala ao lado do sofá. Ela foi até uma das janelas.

— A vista daqui é linda...

À esquerda, uma das extremidades da ponte des Arts e o Louvre. De frente, a ponta da ilha da Cité e o jardim do Vert-Galant.

Sentamo-nos no sofá. Ela olhou ao redor, parecendo surpresa com o vazio que dominava o cômodo.

— Estão de mudança?

Eu disse que infelizmente teríamos de deixar o local dali a um mês. Meu pai tinha se mudado para a Suíça para passar o resto da vida ali.

— Por que a Suíça?

Era uma história longa demais para lhe contar naquela noite. Dei de ombros. Grabley devia aparecer a qualquer momento. Qual seria a reação dele diante da moça e de sua mala? Temia que ele telefonasse para meu pai na Suíça e que este, em um último sobressalto de dignidade em relação a mim, resolvesse bancar o pai decente e falasse sobre os meus estudos e o meu futuro incerto. Mas seria totalmente inútil da parte dele.

— Estou cansada...

Sugeri que se deitasse no sofá. Ela ainda estava com sua capa. Lembrei-me de que a calefação não estava funcionando.

— Está com fome? Vou pegar alguma coisa na cozinha...

Ela ficou no sofá, as pernas dobradas, sentada sobre os calcanhares.

— Não precisa. Só queria alguma coisa para beber...

Não havia mais luz no vestíbulo. A vidraça do amplo corredor que levava até a cozinha iluminava o espaço com reflexos pálidos, como se fosse lua cheia. Grabley tinha deixado a luz do teto da cozinha acesa. Na frente do monta-carga, uma tábua de passar roupa sobre a qual reconheci a calça do seu terno xadrez. Ele próprio passava suas roupas. Sobre a mesa de jogo, na qual às vezes eu fazia as refeições com ele, um pote de iogurte vazio, uma casca de banana e um sachê de Nescafé. Ele tinha jantado ali naquela noite. Peguei dois iogurtes, uma fatia de salmão, algumas frutas e uma garrafa de uísque já consumida em três quartos. Quando voltei, ela estava lendo uma das revistas que Grabley empilhava havia várias semanas sobre a lareira do escritório, revistas "levianas" como ele dizia, pelas quais tinha grande predileção.

Coloquei a bandeja à nossa frente, no chão.

Ela pôs de lado a revista, deixando-a aberta, e pude ver a foto em branco e preto de uma mulher nua, de costas, os cabelos presos num rabo de cavalo, a perna esquerda esticada, a perna direita dobrada com o joelho apoiado no estrado de uma cama.

— Leituras esquisitas, hein!

— Não, não sou eu que leio essas coisas... É um amigo do meu pai...

Ela mordeu uma maçã e se serviu de um pouco do uísque.

— O que tem nessa mala? – perguntei.

— Ah, nada de interessante... são coisas pessoais...

— Está bem pesada. Achei que tivesse uns lingotes de ouro.

Ela sorriu meio sem graça. Contou que morava em uma casa nos arredores de Paris, para os lados de Saint-Leu-La-Forêt, mas que os proprietários tinham voltado na noite anterior repentinamente. Preferira então sair dali, pois não se dava muito bem com eles. No dia seguinte pegaria algum quarto de hotel até encontrar um lugar definitivo.

— Pode ficar aqui o tempo que quiser.

Eu tinha certeza de que, passada a surpresa inicial, Grabley não se oporia a isso. Quanto à opinião de meu pai, não contava mais nada para mim.

— Deve estar com sono, não?

Sugeri que ficasse no quarto de cima, e eu dormiria ali mesmo, no sofá do escritório.

Avancei carregando sua mala para a escada que levava ao quinto andar. Ela veio atrás de mim. O quarto estava tão vazio como o escritório. Apenas uma cama junto à parede do fundo. Não havia mais mesa de cabeceira nem abajur. Acendi o neon de duas vitrines que ficavam uma em cada lado sobre a lareira e onde meu pai guardava sua coleção de peças de xadrez. Elas não estavam mais ali, assim como o pequeno armário chinês e o quadro falso de Monticelli que deixara a marca de sua presença no revestimento de madeira azul-celeste da parede, pois eu havia deixado todos esses objetos com um antiquário chamado Dell'Aversano, para que os revendesse.

— Este é o seu quarto? – perguntou.

— Sim.

Coloquei a mala na frente da lareira. Ela foi até a janela, como fizera antes no escritório.

— Olhando bem para a direita – eu disse –, dá para ver o monumento de Henri IV e a torre de Saint-Jacques.

Ela olhou distraidamente para a estante de livros que havia entre as duas janelas. Depois deitou-se na cama, tirou os sapatos com um movimento indolente dos pés e perguntou onde eu iria dormir.

— No andar de baixo, no sofá.

— Fique aqui – disse ela. — Não me incomoda.

Ela continuou com a capa de chuva. Apaguei as luzes das vitrines. Deitei-me ao lado dela.

— Não acha que está frio?

Ela se aproximou e apoiou suavemente a cabeça no meu ombro. Reflexos de luzes e de sombras deslizavam em forma de grade pelas paredes e no teto.

— O que é isso? – perguntou.

— É o *bateau-mouche* passando.

Acordei sobressaltado, com o som da porta do apartamento batendo.

Ela se deitava apoiada em mim, nua por baixo da capa de chuva. Eram sete horas da manhã. Ouvi os passos de Grabley. Ele agora dava um telefonema no escritório. Sua voz soava cada vez mais alto, como se discutisse com alguém. Em seguida, saiu do escritório e foi para o seu quarto.

Ela também tinha acordado, e me perguntou que horas eram. Disse que precisava ir embora. Deixara algumas coisas na casa de Saint-Leu-la-Forêt e preferia retirá-las o mais rápido possível.

Ofereci um café da manhã. Tinham sobrado na cozinha alguns sachês de Nescafé e um daqueles pacotes de biscoito Choco BN que Grabley sempre comprava. Quando voltei para o quinto andar com a bandeja, ela estava no banheiro. Saiu dali trajando sua saia e seu pulôver pretos.

Disse que me telefonaria no começo da tarde. Não tinha nenhum papel para anotar o número. Peguei um livro da estante, arranquei a folha de rosto e anotei meu nome, endereço e DANTON 55-61. Ela dobrou o papel em quatro e o guardou em um dos bolsos de sua capa. Em seguida, seus lábios roçaram nos meus e ela disse em voz baixa que me agradecia e que queria me ver de novo o quanto antes.

Caminhava pela calçada do cais em direção à ponte des Arts.

Fiquei alguns instantes na janela observando seu corpo avançar pela ponte.

*

Guardei a mala na despensa, no alto da escada. Coloquei-a deitada no chão. Estava trancada à chave. Deitei-me novamente e senti o seu cheiro na concavidade de um dos travesseiros. Ela ainda acabaria me contando o motivo pelo qual tinha sido interrogada na tarde anterior. Tentei lembrar o nome das duas pessoas que o policial havia citado para mim perguntando se as conhecia. Um dos nomes soava a algo como "Beaufort" ou "Bousquet". Em qual agenda eles tinham encontrado o meu nome? Será que queriam obter informações sobre o meu pai? O policial me perguntou para qual país ele tinha viajado, e eu embaralhei as pistas respondendo:

— Para a Bélgica.

Na semana anterior, eu tinha acompanhado meu pai até a Gare de Lyon. Ele usava o seu velho sobretudo azul-marinho e só levava como bagagem uma bolsa de couro. Chegamos antes do horário marcado e ficamos aguardando o trem para Genebra no salão do restaurante do primeiro andar, de onde podíamos avistar todo o saguão e os trilhos dos trens. Seria por causa da luminosidade do fim do dia, dos acabamentos dourados do teto, dos lustres cuja luz caía sobre nós? O fato é que meu pai me pareceu de repente mais envelhecido e cansado, como alguém que tivesse brincado de "gato e rato" durante muitos e muitos anos e agora estava prestes a se entregar.

O único livro que ele havia levado para a viagem se chamava *A caçada*. Tinha me recomendado a sua leitura várias vezes, pois o autor fazia uma alusão ao nosso apartamento, onde tinha morado vinte anos antes. Que coincidência estranha... A vida de meu pai, em certos períodos, não se parecia justamente com uma caçada na qual ele teria sido a presa? Até aquele momento, porém, ele sempre tinha conseguido se livrar dos caçadores.

Estávamos face a face, diante de nossos cafezinhos. Ele fumava, segurando o cigarro no canto da boca. Falava sobre os meus "estudos" e meu futuro. Para ele, era muito interessante querer escrever romances, como eu intencionava, mas seria mais prudente obter alguns "diplomas". Fiquei escutando em silêncio. As palavras "diplomas", "situação estável" ou "profissão" ganhavam um som estranho em sua boca. Ele as pronunciava com respeito e uma certa nostalgia. Depois de alguns instantes, ficou quieto, soltou uma nuvem de fumaça e deu de ombros.

Não trocamos mais nenhuma palavra até o momento em que ele entrou no vagão e se inclinou pela janela com o vidro aberto. Eu permanecia na plataforma.

— Grabley vai ficar morando no apartamento com você. Depois veremos o que fazer. Será preciso alugar um outro apartamento.

Mas ele disse tudo isso sem nenhuma convicção. O trem para Genebra começou a se mover e nesse instante tive a sensação de ver aquele rosto e aquele sobretudo azul-marinho se afastarem para sempre.

*

Por volta das nove horas desci para o quarto andar. Tinha escutado os passos de Grabley. Ele estava sentado no sofá do escritório com seu robe xadrez. Ao lado, uma bandeja sobre a qual havia uma xícara de chá e um pacote de biscoitos Choco BN. O rosto abatido, com a barba por fazer.

— Bom dia, Obligado...

Ele tinha me dado esse apelido por causa de uma discussão amistosa que tivemos. Certa noite, marcamos de nos encontrar na frente de um cinema na avenida Grande-Armée. Ele disse que ficava na estação Obligado do metrô. Essa estação, porém, tinha mudado de nome e se chamava então Argentine, mas ele disse que isso não era verdade. Fizemos uma aposta, e eu ganhei.

— Dormi só duas horas essa noite. Fiz "um tour".

Acariciava o bigode loiro e franzia os olhos.

— Nos mesmos lugares de sempre?

— Sim. Os de sempre.

Seu "tour" começava invariavelmente às oito da noite no café Deux-Magots, onde tomava um aperitivo. Em seguida, se dirigia para a margem direita do Sena e dava uma paradinha na praça Pigalle. E nessa região ficava até o amanhecer.

— E você, Obligado?

— Essa noite eu hospedei uma amiga.

— Seu pai está sabendo?

— Não.

— Você deveria perguntar o que ele acha. Estarei com ele ao telefone.

Ele imitava o meu pai quando este procurava parecer sério e responsável, mas soava ainda mais falso do que o original.

— Que tipo de menina é ela?

Ele exibia a mesma expressão fingida que usava quando me convidava a acompanhá-lo à missa nas manhãs de domingo.

— Para começar, não é uma menina.

— É bonita?

Via nele, mais uma vez, aquele sorriso presunçoso e aquela pose vaidosa do caixeiro-viajante que conta suas aventuras bebendo cerveja no balcão do bar de alguma estação de trem qualquer.

— A minha dessa noite também não era nada mal...

Seu tom ia ficando agressivo, como se ele quisesse competir comigo. Não sei mais muito bem o que senti na época diante desse homem sentado em um escritório vazio que evocava uma mudança súbita, com os móveis e os quadros penhorados ou até mesmo apreendidos. Era um dublê do meu pai, uma espécie de faz-tudo para ele. Tinham-se conhecido ainda muito jovens numa praia do litoral atlântico, e meu pai acabou por desencaminhar aquele que era então apenas um pequeno-burguês francês. Fazia trinta anos que Grabley vivia à sombra dele. O único hábito que preservara da infância e da boa educação que havia recebido era ir à missa todos os domingos.

— Vai me apresentar essa moça?

Deu uma piscada de olho cúmplice na minha direção.

— Podemos sair juntos, se você quiser... Gosto de casais jovens.

Imaginei-me com ela no carro de Grabley atravessando o Sena em direção a Pigalle. Um casal jovem. Tinha-o acompanhado uma vez ao Deux-Magots, antes de ele partir para o seu "tour" habitual. Sentamo-nos a uma mesa no terraço. Fiquei surpreso ao vê-lo cumprimentar um casal de mais ou menos 25 anos: uma loira bastante charmosa e um homem de cabelo escuro muito elegante. Chegou até mesmo a ir falar com eles, em pé, diante da sua mesa, enquanto eu, sentado, o aguardava e o observava. A idade e a postura deles eram tão contrastantes com os modos antiquados de Grabley que eu me perguntei como será que tinham se conhecido. O homem parecia se divertir com as palavras de Grabley, a mulher se mostrava mais distante. Ao deixá-los, Grabley trocou um aperto de mãos com o sujeito e saudou a mulher com um movimento cerimonioso da cabeça. Mais tarde, quando saíamos dali, ele me apresentou ao casal, mas esqueci seus nomes. Depois contou que mantinha com aquele "jovem" uma "relação muito útil" e que o conhecera durante um de seus "tours" por Pigalle.

— Você parece pensativo, Obligado... Está apaixonado?

Tinha se levantado e estava de pé à minha frente, as mãos nos bolsos do robe.

— Precisarei trabalhar o dia todo. Preciso fazer uma triagem e retirar toda a papelada do 73.

Era uma sala que meu pai tinha alugado no bulevar Haussmann. Eu costumava ir ali para encontrá-lo nos finais de tarde. Um escritório em formato triangular com um pé-direito bastante alto. A luz entrava pelas quatro janelas amplas que davam para o bulevar e para a rua da Arcade. Armários encostados nas paredes e uma mesa de madeira maciça sobre a qual se distribuíam tinteiros, mata-borrões e um porta-canetas antigo.

O que meu pai fazia ali? Toda vez, quando eu chegava, ele estava ao telefone. Passados trinta anos, acabo de encontrar, por acaso, um envelope nas costas do qual está impresso: Sociedade Civil de Estudos sobre Tratamentos de Minerais, 73, bulevar Haussmann Paris 8º.

— Você pode se encontrar comigo no 73 com sua amiga. E aí jantamos juntos...

— Acho que ela estará ocupada esta noite.

Pareceu decepcionado. Acendeu um cigarro.

— De todo modo, telefone no 73 para dizer o que irão fazer... Adoraria conhecê-la...

Nesse momento raciocinei que seria melhor manter distância, caso contrário correríamos o risco de ele se grudar em nós permanentemente. Mas eu não sabia dizer não.

Fiquei no escritório, lendo, à espera do telefonema dela. Ela havia dito: no começo da tarde. Pus o telefone no sofá. A partir das três da tarde comecei a sentir uma certa inquietação, que pouco a pouco foi ficando mais forte. Fiquei com medo de que ela nunca mais me chamasse. Procurava retomar a leitura, em vão, quando o telefone finalmente tocou.

Ela ainda não tinha ido a Saint-Leu-la-Forêt pegar suas coisas. Combinamos de nos encontrar às seis horas no Tournon.

Eu teria tempo, assim, de ir falar com Dell'Aversano para saber quanto ele pensava em me pagar pelo Monticelli falso, pelo pequeno armário chinês e pelas peças de xadrez que eu lhe deixara para avaliar.

Atravessei a Pont-Neuf e segui pelo cais. A loja de antiguidades de Dell'Aversano ficava na rua François-Miron, perto da Prefeitura. Eu o conhecera havia dois meses ao selecionar alguns livros usados que estavam numas prateleiras na entrada da loja.

Era um homem de cabelo escuro, com cerca de 40 anos, um rosto de traços romanos e olhos claros. Falava francês com um pouco de sotaque. Contou-me que fazia comércio de antiguidades entre a França e a Itália, mas eu não lhe fiz muitas perguntas sobre isso.

Estava à minha espera. Levou-me para tomarmos um café no cais, perto da igreja de Saint-Gervais. Entregou-me um envelope dizendo que estava comprando de mim o lote todo por 7.500 francos. Agradeci. Esse montante daria para minha sobrevivência por um bom tempo. Depois disso, teria de deixar o apartamento e me virar sozinho.

Como se adivinhasse os meus pensamentos, Dell'Aversano perguntou o que eu iria fazer dali em diante.

— Minha proposta continua de pé...

Ele sorria para mim. Na visita anterior, ele tinha dito que poderia conseguir um emprego para mim na livraria de um conhecido em Roma que precisava de um atendente francês.

— Chegou a pensar nisso? Concorda em ir para Roma?

Eu disse que sim. Afinal, não tinha mais nenhum motivo para ficar em Paris. Estava convencido de que Roma seria conveniente para mim. Começaria uma nova vida ali. Precisava de um mapa da cidade, para estudá-la profundamente a fim de conhecer os nomes de todas as suas ruas e praças.

— O senhor conhece bem Roma?

— Sim. Nasci lá.

Eu o visitaria na loja de tempos em tempos com meu mapa e lhe faria perguntas sobre os bairros da cidade. Assim, quando chegasse a Roma, não me sentiria deslocado.

Será que ela toparia ir comigo? Conversaria sobre isso naquela mesma noite. Essa poderia ser uma solução para os problemas dela também.

— O senhor morou em Roma?

— Claro que sim – disse. — Durante 25 anos.

— Em qual rua?

— Nasci no bairro de San Lorenzo, e o meu último endereço foi na rua Euclide.

Queria poder anotar os nomes do bairro e da rua, mas pensei em guardá-los de memória para buscar por eles depois no mapa.

— Pode começar no mês que vem – disse ele. — Esse meu amigo vai encontrar um lugar para hospedá-lo. Não acredito que seja um trabalho muito pesado. São livros franceses.

Deu uma longa tragada no cigarro e em seguida, com um gesto elegante, como em câmera lenta, levou a xícara de café à boca.

Contou-me que em Roma, na juventude, ele e alguns amigos se sentavam no terraço de um café e competiam para ver quem conseguia demorar mais para acabar uma laranjada. Muitas vezes isso durava uma tarde inteira.

Cheguei adiantado para o encontro e resolvi passear pelas aleias do jardim de Luxembourg. Senti, pela primeira vez, que o inverno estava chegando. Até aquele momento, os dias vinham sendo marcados pelo sol de outono.

Já escurecia e os guardas começavam a fechar os portões quando saí do jardim.

Escolhi um lugar no fundo do salão do Tournon. No ano anterior, quando eu ainda frequentava o colégio Henri-IV, ia à biblioteca municipal do 6º distrito e ao cine Bonaparte, esse café havia sido um refúgio para mim. Gostava de ficar ali observando um cliente bastante conhecido, o escritor Chester Himes, que estava sempre acompanhado de músicos de jazz e belas mulheres loiras.

Cheguei ao Tournon por volta das seis horas, e seis e meia ela ainda não aparecera. Chester Himes estava sentado no banco, perto da janela, com duas mulheres. Uma delas usava óculos escuros. Mantinham uma conversa animada, em inglês. Alguns clientes eram servidos no balcão, de pé. Para me acalmar, tentei entender o que Himes e suas amigas conversavam, mas eles falavam muito rápido, à exceção de uma delas, que tinha um sotaque escandinavo, o que me possibilitava entender algumas palavras. Ela queria mudar de hotel e perguntava a Himes como se chamava aquele onde ele tinha morado no começo de sua vida em Paris.

Eu ficava de olho na rua através da janela. Já anoitecera. Um táxi parou na frente do Tournon. Ela desceu. Usava a mesma capa de chuva. Em seguida o motorista também saiu do carro, abriu o porta-malas e lhe entregou uma mala, menor do que a do dia anterior.

Veio em minha direção, a mala na mão. Parecia contente em me ver. Vinha diretamente de Saint-Leu-la-Forêt, onde conseguira pegar o restante de seus pertences. Tinha reservado um quarto de hotel para passar a noite. Perguntou se eu podia levar a mala para minha casa. Preferia que estivesse em um "lugar seguro", junto com a outra mala. Mais uma vez eu comentei que as duas malas pareciam conter lingotes de ouro. Mas ela respondeu que se tratava apenas de objetos sem nenhum valor especial, a não ser para ela mesma.

Afirmei, em tom contundente, que ela tinha errado ao reservar um quarto de hotel, pois eu podia hospedá-la no meu apartamento pelo tempo que ela quisesse.

— É melhor eu ficar num hotel.

Senti uma certa reserva da parte dela. Escondia alguma coisa, e eu me perguntava se o motivo disso seria porque ela não tinha plena confiança em mim ou porque temia me chocar demais caso me revelasse a verdade.

— E você, o que fez de bom?

— Nada de especial. Vendi alguns móveis do apartamento para ter um pouco de dinheiro.

— Deu certo?

— Sim.

— Está precisando de dinheiro?

Ela fixou seu olhar azul-claro no meu.

— Bobagem sua. Eu posso lhe emprestar dinheiro.

E sorriu para mim. O garçom chegou para anotar nosso pedido. Ela pediu um refresco de romã. Eu a imitei.

— Eu tenho uma pequena reserva de dinheiro – disse ela. — Pode ficar para você.

— É muito gentil da sua parte, mas eu acho que consegui um emprego.

Contei-lhe da proposta de Dell'Aversano: que eu fosse trabalhar em uma livraria em Roma. Hesitei por um momento, mas logo me decidi:

— Você poderia ir comigo...

Ela não pareceu surpresa diante de minha proposta.

— Sim... seria uma boa ideia. Já sabe onde vai morar em Roma?

— O livreiro com que irei trabalhar vai arrumar um lugar.

Tomou um gole do refresco. Sua cor combinava muito bem com o azul-claro dos olhos dela.

— E quando você vai?

— Daqui a um mês.

Um silêncio se impôs entre nós. Como no dia anterior no café da ilha da Cité, tive a sensação de que ela esquecera da minha presença e de que poderia se levantar e sair dali a qualquer momento.

— Sempre sonhei em viver em Londres ou em Roma – disse ela.

Seu olhar pousou em mim novamente.

— Podemos ficar tranquilos em uma cidade estranha... ninguém nos conhece...

Ela havia feito uma observação semelhante no metrô na noite anterior. Eu quis saber então se havia alguém em Paris que lhe quisesse mal.

— Na verdade, não. É por causa do interrogatório de ontem... eu me sinto vigiada. Eles fizeram tantas perguntas... Me interrogaram sobre algumas pessoas que eu conheci, mas que não vejo há muito tempo.

Deu de ombros.

— O chato é que não acreditaram em mim... Devem achar que ainda me encontro com essas pessoas...

Clientes chegaram para se sentar à mesa vizinha à nossa. Ela aproximou o rosto do meu.

— E no seu caso? – perguntou em voz baixa. — Quantos o interrogaram?

— Um só. Aquele sujeito que estava comigo quando você entrou...

— Para mim foram dois. O segundo chegou pouco depois. Fingiu que estava ali por acaso, mas logo começou a me fazer perguntas. O outro também continuou fazendo. Eu me sentia como uma bola de pingue-pongue.

— Mas que pessoas são essas que você conhecia?

— Não as conhecia muito bem. Devo ter estado com elas apenas uma ou duas vezes.

Ela percebeu que essa resposta não me satisfez.

— É como no seu caso quando disseram que o seu nome estava em uma agenda... você nem sequer sabia de quem se tratava...

— E você tem a sensação de estar sendo vigiada agora?

Franziu as sobrancelhas. Dirigiu-me um olhar estranho, como se uma suspeita tivesse tomado conta dela subitamente. Tentei imaginar o que passava dentro de sua cabeça: tinha me visto pela primeira vez quando eu saía da sala da polícia, e três horas depois eu ainda estava ali por perto, sentado no terraço daquele café.

— Acha que estou encarregado de vigiar você? – perguntei sorrindo.

— Não. Você não tem jeito de policial. Nem idade para isso.

Manteve os olhos fixos nos meus. Seu rosto relaxou. E caímos os dois numa gargalhada.

*

A mala era um pouco menos pesada do que a outra. Chegamos ao cais pela rua Tournon e pela rua de Seine. As janelas do apartamento estavam todas com a luz apagada. Eram cerca de sete e meia e Grabley devia ainda estar no escritório do número 73 do bulevar Haussmann dando uma ordem na "papelada" que até ali eu nem suspeitava que existisse. Eu sempre achara que aquele local estava sempre tão vazio quanto os tinteiros sobre a mesa e que meu pai o ocupava como se fosse uma sala de espera. Por isso, fiquei surpreso, passados trinta anos, ao encontrar uma marca tangível de sua passagem pelo bulevar Haussmann, sob a forma daquele envelope que trazia impressa a menção à Sociedade Civil de Estudos sobre Tratamentos de Minerais. Mas também é verdade que uma simples menção na parte de trás de um envelope não prova grande coisa: por mais que a leia e releia, você sempre estará diante do desconhecido.

Queria mostrar onde eu tinha guardado a primeira mala. Subimos então a pequena escada interna que levava ao quinto andar. A porta da despensa se abria para o lado esquerdo, dando para o quarto. Pairava ali dentro um cheiro de couro e de chipre. Pus a mala que estava comigo ao lado da outra e apaguei a luz. A chave da despensa estava na própria fechadura. Tranquei-a com duas voltas e lhe entreguei.

— Prefiro que a chave fique com você – disse ela.

Descemos para o escritório. Ela queria dar um telefonema. Discou um número, mas ninguém atendeu.

Desligou, com ar de decepção.

— Tenho um jantar com uma pessoa hoje. Você poderia ir comigo?

— Se você quiser.

Essa foi a primeira vez que me dirigi a ela de um modo claramente mais íntimo, sem perceber.

Ela ia acrescentar alguma coisa, mas estava visivelmente constrangida.

— Posso lhe pedir um favor? Não fale nada sobre o interrogatório de ontem e diga que é meu irmão...

Esse pedido não me surpreendeu. Estava disposto a fazer tudo que ela quisesse.

— Você não tem um irmão de verdade?

— Não.

Mas isso não tinha nenhuma importância. Ela conhecera havia pouco tempo aquela "pessoa" com quem iríamos nos encontrar, e seria verossímil que não lhe tivesse falado nada a respeito da existência de um irmão que morava nos arredores de Paris. Digamos em Montmorency, pertinho de Saint-Leu-la-Forêt.

O telefone tocou. Ela levou um susto. Atendi. Era Grabley. Ainda estava no bulevar Haussmann 73 e já pusera em ordem uma quantidade enorme de "dossiês". Acabara de "estar na linha" com meu pai, e este lhe passara a instrução de se livrar o quanto antes de toda a documentação. Estava indeciso entre duas alternativas: esperar a zeladora do 73 colocar as lixeiras do prédio na calçada do bulevar e aí enfiar os "dossiês" nelas, ou simplesmente jogá-los diretamente dentro de uma boca de lobo que ele tinha visto na rua da Arcade. Nos dois casos, corria o risco de chamar atenção.

— É como se tivesse que me desvencilhar de um cadáver, meu pobre Obligado...

Pediu notícias sobre a minha "amiga". Não, não daria para nos encontrarmos, os três, naquela noite. Ela ia jantar na casa de um irmão, em um lugar qualquer entre Montmorency e Saint-Leu-la-Forêt.

O táxi nos deixou na esquina da avenida dos Champs-Élysées com a rua Washington. Ela fez questão de pagar a corrida.

Seguimos pela rua na calçada do lado esquerdo. Entramos logo no primeiro café. Alguns clientes se aglomeravam em torno do fliperama, perto da vidraça, falando em voz alta enquanto um deles jogava.

Atravessamos o lugar em direção aos fundos, onde o saguão se estreitava sob a forma de um corredor ao longo do qual, como em um vagão-restaurante de trem, enfileiravam-se mesas e bancos de couro alaranjado. Um homem de cabelo escuro, de cerca de 30 anos, levantou-se quando aparecemos.

Ela fez as apresentações.

— Jacques... Meu irmão Lucien...

Com um gesto, ele nos convidou a sentar no banco, de frente para ele.

— Podemos jantar aqui... vocês topam?

Sem aguardar a nossa resposta, ele ergueu o braço na direção do garçom, que veio pegar nosso pedido. Escolheu para nós um dos pratos do dia. Ela parecia indiferente em relação ao que comer.

Ele me olhava com curiosidade.

— Não sabia que você existia... Fico muito feliz por conhecê-lo...

Olhou para ela e voltou a olhar para mim.

— É verdade... vocês são parecidos...

Mas eu sentia haver alguma dúvida nesse comentário.

— Ansart não pode vir. Vamos encontrar com ele depois do jantar.

— Não sei – disse ela. — Estou meio cansada e nós ainda precisamos voltar para Saint-Leu-la-Forêt.

— Sem problema. Eu levo vocês depois de carro.

Ele tinha um rosto amável e uma voz suave. E uma certa elegância com seu paletó de flanela escura.

— O que você faz da vida, Lucien?

— Ainda está estudando – disse ela. — Faz o curso de Letras.

— Eu também fiz faculdade. Medicina.

Disse essa frase com uma ponta de tristeza, como se se tratasse de uma lembrança dolorosa. Serviram-nos um prato de salmão e peixes defumados.

— O dono aqui é dinamarquês – disse ele dirigindo-se a mim. — Você não gosta da comida escandinava?

— Sim, sim. Gosto muito.

Ela deu uma risada. Ele virou para ela.

— Do que está rindo?

Tratava-a com visível intimidade. Havia quanto tempo se conheciam? De que forma tinham se encontrado?

— Estou rindo do Lucien.

E sinalizava a mim com um movimento do queixo. De qual tipo eram de fato os laços entre eles? Por que me fazia passar por irmão?

— Eu bem que gostaria de tê-los convidado para jantar na minha casa – disse ele. — Mas estava sem nada na cozinha hoje.

Depois de comer apenas algumas porções do prato, ela acendeu um cigarro.

— Está sem fome?

— Sim. Pelo menos agora.

— Parece preocupada...

E segurou no punho dela com um gesto delicado. Ela tentou afastar a mão, mas ele insistia e ela então cedeu. Ele a segurou pela mão.

— Faz tempo que vocês se conhecem? – perguntei.

— Gisèle nunca lhe falou de mim?

— Temo-nos visto muito pouco nos últimos tempos – disse ela dirigindo-se a ele. — Ele estava viajando.

Ele sorriu para mim.

— Sua irmã me foi apresentada há uns quinze dias por um amigo... Pierre Ansart... Conhece Pierre Ansart?

— Não – disse ela. — Ele não o conhece.

Parecia bruscamente enfadada e já querendo sair dali. Mas ele continuava a segurá-la pela mão.

— Você não está muito a par do que acontece na vida da sua irmã?

Emitiu essa última frase com um tom de suspeita.

Ela abriu a bolsa, tirou os óculos de sol e os colocou no rosto.

— Gisèle é muito discreta – eu disse, num tom leve. — Não se abre muito.

Foi estranho pronunciar seu nome pela primeira vez. Desde o dia anterior, ela nem sequer havia dito como se chamava. Virei-me para ela. Estava impassível por trás dos óculos escuros, distante, como se não tivesse prestado atenção na conversa, como se estivéssemos falando de outra pessoa.

Ele consultou seu relógio. Eram dez e meia da noite.

— Seu irmão vem conosco à casa de Ansart?

— Sim, mas vamos ficar pouco tempo – disse ela. — Precisamos voltar ainda hoje para Saint-Leu-la-Forêt.

— Nesse caso, eu levo vocês agora de carro e depois vou para a casa de Ansart.

— Você parece meio contrariado...

— Nada disso – respondeu. — Estou ótimo.

Talvez ele não quisesse discutir com ela na minha presença.

— Não precisa ficar indo e vindo desse jeito – disse ela. — Pegaremos um táxi para voltar para Saint-Leu-la-Forêt.

*

Entramos em um carro azul-marinho que estava estacionado na faixa lateral da Champs-Élysées. Ela se sentou no banco da frente.

— Você já tem carta de motorista? – ele me perguntou.

— Não, ainda não.

Ela se virou para mim. Eu procurava imaginar seu olhar por trás dos óculos escuros. Ela sorriu.

— É estranho... não consigo imaginar meu irmão dirigindo...

Ele ligou o carro e avançamos devagar pela Champs-Élysées. Ela continuava virada para mim. Mandou-me um beijo, com um movimento quase imperceptível da boca. Aproximei meu rosto do dela. Quase a beijei. A presença daquele sujeito ali não me perturbava. Sentia tanta vontade de sentir os lábios dela e acariciá-la que ele já nem contava mais.

— Você deveria convencer sua irmã a usar este carro. Isso evitaria de ficar atrás de táxis ou do metrô...

A voz dele provocou um sobressalto em mim, trazendo-me de volta à realidade. Ela se virou para a frente.

— Você pode usar o carro quando quiser, Gisèle...

— Posso ficar com ele hoje para voltar para Saint-Leu-la-Forêt?

— Hoje? Se você realmente quiser...

— Quero hoje, sim. Preciso me acostumar a guiá-lo.

— Como quiser.

Passávamos pelo Bois de Boulogne. Porte de la Muette. Porte de Passy. Eu tinha aberto um pouco a janela e respirava uma corrente de ar fresco e um perfume de vegetação e terra úmida. Pensei que gostaria muito de passear com ela nas aleias do parque, à beira dos lagos, perto da cascata ou da Croix-Catelan, onde costumava ir sozinho nos finais de tarde de metrô para me afastar do centro de Paris.

Ele pegou a rua Raffet e estacionou na esquina com a rua Docteur-Blanche. Anos depois eu viria a conhecer muito bem esse bairro, e muitas vezes passei na frente do prédio onde nos encontramos com Ansart naquela noite. Ficava no número 14 da rua Raffet. Mas os detalhes topográficos produzem em mim um efeito estranho: em vez de fazerem a imagem do passado ficar mais próxima e mais nítida, eles me causam um sentimento dilacerante de ruptura e vazio.

Cruzamos o pátio interno do prédio. Havia ao fundo uma construção com um andar além do térreo. Ele tocou a campainha. Apareceu um homem de cabelo escuro, atarracado, com cerca de 40 anos. Usava uma camisa com o colarinho aberto e um pulôver bege. Deu um beijo em Gisèle e um abraço em Jacques.

Entramos em uma sala de paredes brancas. Uma mulher loira de cerca de 20 anos estava sentada em um divã vermelho. Ansart estendeu-me a mão com um sorriso aberto.

— É o irmão de Gisèle – disse Jacques. — E esse é Pierre Ansart.

— Prazer em conhecê-lo – disse-me Ansart.

Ele tinha uma voz grave, com um leve sotaque de subúrbio. A menina loira se levantou e deu um beijo em Gisèle.

— Esta é Martine – disse Ansart em minha direção.

A loira me cumprimentou com leve movimento da cabeça e um sorriso tímido.

— Quer dizer que você tinha escondido de nós a existência do seu irmão? – disse Ansart.

Fitava-nos com um olhar agudo. Será que tinha mesmo caído naquela mentira? Sentamo-nos os três em poltronas que tinham a mesma cor vermelha do divã. Ansart sentou-se no divã e passou o braço sobre os ombros da menina loira.

— Jantaram na rua Washington?

Jacques aquiesceu com a cabeça. Ao fundo da sala havia uma escada em espiral. O alçapão dava acesso, certamente, ao dormitório. À esquerda havia a cozinha, que devia ser usada também para comer e na qual, da poltrona onde me sentava, eu via a geladeira e o fogão absolutamente novos e brilhantes.

Ansart notou meu olhar curioso.

— É uma garagem antiga que eu transformei em apartamento.

— Muito agradável – eu disse.

— Querem beber alguma coisa? Um chá de tília?

A jovem loira se levantou e foi até a cozinha.

— Prepare quatro chás de tília para nós, Martine – disse Ansart com autoridade paternal.

Seu olhar continuava voltado para o meu, como se procurasse entender o que estava acontecendo ali.

— Você é bem jovem...

— Tenho 21 anos.

Menti como no dia anterior. Ela tinha tirado os óculos

escuros e olhava para mim como se me visse pela primeira vez.

— Está na faculdade – disse Jacques, também olhando para mim.

Estava incomodado por me sentir alvo da atenção de todos. Perguntei-me o que fazia ali no meio daquelas pessoas desconhecidas. Nem mesmo ela eu conhecia muito melhor do que os outros.

— O que você estuda? – perguntou Ansart.

— Está cursando letras – disse Jacques.

A menina loira saiu da cozinha com uma bandeja que colocou sobre o carpete à nossa frente. Serviu uma xícara para cada um, delicadamente.

— Quando você termina a faculdade? – perguntou Ansart.

— Daqui a dois ou três anos.

— Suponho que enquanto isso você vive do dinheiro dos seus pais...

Continuavam com os olhares postos sobre mim, como se eu fosse um animal estranho. Senti na voz de Ansart um desprezo cheio de ironia.

— Sorte a sua ter pais bons, que ajudam...

Disse isso com certa amargura e um olhar agora velado.

O que responder a ele? Pensei em meu pai, sua fuga para a Suíça, Grabley, o apartamento vazio, Dell'Aversano, minha mãe perdida no sul da Espanha... Mas, no final das contas, achei que seria melhor que ele me visse como um bom menino, sustentado ainda pelos pais.

— Você está enganado – disse ela bruscamente. — Ninguém o ajuda. Meu irmão se vira sozinho mesmo...

Fiquei tocado com a atitude dela, de vir em meu socorro. Eu tinha esquecido que éramos irmãos e que, consequentemente, tínhamos os mesmos pais.

— Aliás, não temos mais família nenhuma. Isso simplifica as coisas...

Ansart deu um sorriso largo.

— Minhas pobres crianças...

O clima se distendeu. A menina loira serviu mais chá de tília em nossas xícaras vazias. Parecia sentir muita simpatia por Gisèle e a tratava com intimidade.

— Você vai passar no restaurante hoje? – perguntou Jacques.

— Sim – disse Ansart.

Gisèle virou-se para mim:

— Pierre tem um pequeno restaurante no bairro.

— Oh, é coisa pequena – disse Ansart dirigindo-se a mim. — Um negócio que estava indo muito mal e que eu assumi, meio do nada, para me distrair um pouco...

— Um dia levaremos você lá para jantar – disse Jacques.

— Não sei se meu irmão iria. Ele nunca sai.

Ela adotou um tom firme, como se quisesse me proteger deles.

— Mas bem que seria simpático jantarmos nós quatro juntos – disse a loira.

Ela dirigia o olhar límpido ora para mim, ora para Gisèle. Parecia ter boas intenções em relação a nós.

— Eu e Lucien precisamos voltar para Saint-Leu-la-Forêt – disse Gisèle.

— Não querem ficar mais um pouco? – perguntou Jacques.

Respirei fundo e disse em tom decidido:

— Não. Temos que ir agora. Estamos com problemas em casa...

Ela certamente lhes falara alguma coisa sobre a casa em Saint-Leu-la-Forêt. Talvez tivesse lhes contado detalhes que eu desconhecia.

— Vocês vão com o carro, então? – perguntou Jacques.

— Sim.

Ele se voltou para Ansart:

— Vou emprestar meu carro a eles. Algum problema se eu usar um dos seus?

— Tudo bem. Daqui a pouco passamos no estacionamento para pegá-lo.

Eu e ela nos levantamos. Ela deu um beijo na loira. Eu troquei apertos de mão com Ansart e com Jacques.

— Quando a gente se vê? – perguntou-lhe Jacques.

— Eu te ligo.

Parecia bastante decepcionado com a partida dela.

— Cuide bem de sua irmã.

E deu-lhe as chaves do carro.

— Dirija com cuidado na estrada. Se eu não atender amanhã em casa me ligue no restaurante.

Enquanto isso, Ansart olhava para mim do mesmo modo como em nossa chegada.

— Gostei muito de conhecer você. Se precisar de alguma coisa...

Fiquei surpreso com essa solicitude repentina.

— Às vezes as coisas são difíceis na sua idade... Conheço bem, também passei por isso...

Seu olhar tinha uma expressão triste que contrastava com a voz forte e os traços vigorosos do rosto.

A menina loira nos acompanhou até a porta.

— Poderíamos nos ver amanhã – disse para Gisèle. — Estarei aqui o dia todo.

Sob o umbral, na semipenumbra do pátio, o rosto da menina parecia ainda mais jovem. Considerei que Ansart tinha idade para ser seu pai. Atravessamos o pátio interno e ela ficou a nos observar. Os contornos de seu corpo apareciam com nitidez envoltos pela moldura iluminada da porta. Até parecia querer ir embora conosco. Fez um sinal com o braço em nossa direção.

Não lembrávamos onde estava o carro. Descemos a rua em busca dele.

— E se pegássemos o metrô? – disse ela. — É complicado esse carro... aliás, acho que perdi as chaves...

Seu jeito desligado provocou em mim uma risada que acabou por contagiá-la. Em pouco tempo já não nos controlávamos. Nossas risadas ressoavam na rua deserta e silenciosa. Fomos até o final dela, retornamos em seguida pela outra calçada e finalmente encontramos o carro.

Ela abriu a porta, depois de tentar várias vezes com as quatro chaves do molho. Sentamos nos bancos de couro.

— Agora é dar a partida... – disse ela.

Conseguiu ligar o motor. Deu marcha a ré com força, conseguindo frear bem no momento em que o carro subiu na calçada e já ameaçava se chocar com a porta de um prédio.

Avançou pela rua em direção ao Bois de Boulogne, as costas bem eretas, o rosto levemente inclinado para a frente, como se dirigisse um carro pela primeira vez.

Pegamos o cais pelo bulevar Murat. Na hora em que este faz a curva à direita, ela disse:

— Morei aqui perto.

Devia ter lhe perguntado quando e em quais circunstâncias isso tinha acontecido, mas deixei passar a oportunidade. Quando jovens, negligenciamos certos detalhes que seriam valiosos mais tarde. O bulevar faz mais uma curva à direita e desemboca no Sena.

— E então? Acha que eu dirijo bem?

— Muito bem.

— Não fica com medo?

— De jeito nenhum.

Ela afundou mais o pé no acelerador. A partir do cais Louis-Blériot o asfalto se estreita, mas ela ia cada vez mais rápido. Semáforo vermelho. Temi que ela passasse mesmo assim. Não. Ela freou bruscamente.

— Acho que já me acostumei com este carro...

Avançava agora em velocidade normal. Chegamos à altura dos jardins do Trocadéro. Ela atravessou a ponte de Iéna e avançou pelo Champ-de-Mars.

— Aonde vamos? – perguntei.

— Ao meu hotel. Mas antes preciso pegar uma coisa que tinha esquecido.

Entramos pela praça deserta da École Militaire. O enorme edifício parecia abandonado. Via-se o Champ-de-Mars como uma pradaria que se inclinava suavemente em direção ao Sena. Ela seguiu reto. O volume escuro e o muro de uma caserna. Avistei ao final da rua o viaduto do metrô elevado. Paramos na frente de um prédio da rua Desaix.

— Você me espera aqui? Não vou demorar.

Deixou a chave do carro sobre o console. Entrou no prédio. Perguntei a mim mesmo se ela realmente voltaria. Depois de alguns instantes, saí do carro e fiquei parado na frente do portão do prédio, um portão envidraçado com molduras de ferro. Talvez houvesse ali uma outra saída. Ela desapareceria e me deixaria com aquele carro inútil. Procurei raciocinar. Caso ela desaparecesse, eu tinha alguns pontos de referência: o café da rua Washington do qual Jacques era frequentador, o apartamento de Ansart e, principalmente, as malas. Por que esse temor de que desaparecesse? Eu a encontrara havia 24 horas e não sabia nada sobre ela. Nem mesmo o seu nome, que fiquei sabendo por terceiros. Não parava em lugar nenhum, ia de um endereço para outro como se estivesse fugindo de algum perigo. Eu tinha a sensação de que jamais conseguiria retê-la.

Andava de um lado para outro na calçada, quando ouvi o portão do prédio se abrir e fechar atrás de mim. Ela se aproximou com rapidez. Não vestia mais a capa, que carregava dobrada no braço. Agora estava trajada com um mantô de pele.

— Você ia embora? – perguntou. — Não queria mais me esperar?

Dirigiu-me um sorriso inquieto.

— De jeito nenhum. Achei que você é que tinha desaparecido.

Ela deu de ombros.

— Bobagem... o que levou você a achar isso?

Caminhamos em direção ao carro. Peguei a capa dela e a coloquei nos meus ombros.

— Lindo esse seu mantô – eu disse.

Ela estava sem jeito.

— Sim... é uma senhora conhecida minha... Ela mora aí... uma costureira... eu tinha deixado esse mantô para ela costurar a bainha.

— Você tinha avisado que viria tão tarde?

— Ela não se importa... trabalha à noite...

Não falava a verdade. Quis lhe fazer perguntas mais precisas, mas me contive. Ela acabaria se acostumando comigo, aos poucos passaria a confiar em mim e me contaria tudo.

Entramos no carro novamente. Coloquei sua capa no banco traseiro. Dessa vez ela partiu devagar, suavemente.

— Meu hotel fica aqui perto...

Por que tinha escolhido um hotel naquele bairro? Certamente não fora por acaso. Alguma coisa a fazia ficar por ali, como um porto seguro. Seria a presença daquela costureira misteriosa?

Pegamos uma das ruas que saem da avenida Suffren em direção a Grenelle, no limite entre o 7º e o 15º distritos. Paramos na frente de um hotel cuja fachada era iluminada pelo letreiro de um estacionamento que ficava na curva da rua. Ela tocou a campainha e o recepcionista noturno veio abrir a porta. Nós o seguimos até a recepção. Ela lhe pediu a chave do quarto. Ele me dirigiu um olhar desconfiado.

— Poderia preencher a ficha? Preciso de sua identidade.

Estava sem meu passaporte. E, de todo modo, eu era menor de idade.

Ele colocou a chave sobre o balcão da recepção. Ela a pegou com um gesto nervoso.

— É meu irmão...

O outro hesitou por um instante.

— Nesse caso, preciso que ele mostre isso. Preciso de algum documento.

— Esqueci de trazer – eu disse.

— Desse jeito não posso deixá-lo subir com a moça.

— Por quê, se é meu irmão?

Ele nos observou em silêncio, o que me lembrou o policial da véspera. O abajur iluminava seu rosto quadrado e o crânio em parte careca. Havia um aparelho telefônico sobre o balcão. Eu temia que a qualquer momento ele o usasse para avisar a delegacia mais próxima de nossa presença ali.

Formávamos um casal estranho e devíamos ter um aspecto suspeito. Recordo o maxilar bem definido daquele homem, sua boca de lábios muito finos e o desprezo tranquilo com que olhava para nós. Estávamos na mão dele. Não éramos ninguém.

Virei-me para ela:

— Acho que deixei meus documentos na casa da mamãe quando jantamos lá – eu disse com uma voz tímida. — Talvez mamãe os tenha encontrado.

Enfatizei a palavra "mamãe" para lhe transmitir uma imagem mais tranquilizadora sobre nós. Ao mesmo tempo, percebi que ela, ao contrário, estava disposta a enfrentar o porteiro noturno.

Tirei a chave da mão dela, de surpresa, e a recoloquei sobre o balcão da recepção.

— Vamos embora... vamos tentar encontrar esses documentos...

Puxei-a pelo braço. Havia cerca de 10 metros entre o balcão e a porta do hotel. Eu tinha certeza de que o homem nos seguia com os olhos. Andar o mais naturalmente possível. Acima de tudo, não dar a ideia de que estivéssemos fugindo. E se ele tivesse antes trancado a porta e nós ficássemos retidos ali, como em uma armadilha? Mas não.

Na rua, senti um alívio. O porteiro noturno já não podia fazer nada contra nós.

— Quer voltar sozinha para o hotel?

— Não. Mas tenho certeza de que, se tivéssemos insistido mais, ele nos deixaria em paz e ficaríamos tranquilos.

— Eu não.

— Ficou com medo dele?

Olhava para mim com um sorriso de troça. Senti vontade de lhe dizer que eu tinha mentido minha idade e que na verdade só tinha 18 anos.

— Vamos aonde, então? – perguntou.

— Para minha casa. Lá estaremos bem melhor do que no hotel.

Enquanto avançávamos pela avenida Suffren em direção ao cais, senti no carro a mesma apreensão experimentada com o porteiro do hotel. Perguntava-me se aquele carro e o mantô de pele que ela usava não acabariam por chamar ainda mais atenção sobre nós. Temia sermos abordados em algum cruzamento por uma das batidas policiais que havia com muita frequência naquela época nas ruas de Paris depois da meia-noite.

— Você está com sua carta de motorista?

— Deve estar na bolsa – disse ela. — Dê uma olhada.

A bolsa estava sobre o painel. Não havia muita coisa dentro, e logo encontrei a carta. Fiquei tentado a abri-la para ver o nome dela, seu endereço, local e data de nascimento. Mas não o fiz por uma questão de discrição.

— Acha que os documentos do carro também estão aqui?

— Certamente... em algum canto do porta-luvas.

Ela deu de ombros. Parecia indiferente a todos os perigos que eu antevia para nós. Ligou o rádio, e a música foi aos poucos me acalmando. Recuperei a confiança. Não tínhamos feito nada de errado. Do que poderiam nos acusar?

— Poderíamos ir para o Midi com esse carro – eu disse.

— Achei que você queria ir para Roma.

Até esse momento, eu tinha pensado em viajar a Roma de trem. Agora, procurava imaginar-nos na estrada: primeiro iríamos até o Midi. Depois, cruzaríamos a fronteira até Vintimille. Com um pouco de sorte, tudo ocorreria sem transtornos. Como eu era menor de idade, escreveria uma carta de próprio punho e falsificaria a assinatura de meu pai, autorizando-me a passar uma temporada fora do país. Estava acostumado com esse tipo de falsificação.

— Acha que eles nos emprestariam o carro de novo?

— Claro que sim... Por que não?

Ela não queria me responder de forma clara.

— Mas não faz tanto tempo assim que você os conhece...

Ficou silenciosa. Voltei a questionar.

— Você conheceu o Jacques por meio do Ansart?

— Sim.

— O que o Jacques faz da vida?

— É sócio de Ansart em alguns negócios.

— E como você conheceu Ansart?

— Em um café.

Ela acrescentou:

— Jacques mora em um belo apartamento na rua Washington. Ele se chama Jacques de Bavière...

Muitas vezes eu ouviria depois este nome saindo de sua boca: Jacques de Bavière. Mas será que escutei direito realmente? Não seria um nome mais comum, como de Bavier ou Debaviaire? Ou simplesmente um pseudônimo?

— Ele é belga, mas sempre viveu na França. Mora com a madrasta na rua Washington.

— Madrasta?

— Sim. A viúva do pai dele.

Chegamos no começo da ponte da Concorde. Em vez de pegar o bulevar Saint-Germain, ela atravessou o Sena.

— Prefiro seguir pelos cais – disse ela.

— Esse tal Jacques de Bavière parece estar apaixonado por você...

— Talvez. Mas eu não quero morar com ele. Quero preservar minha independência.

— Prefere continuar em Saint-Leu-la-Forêt?

Perguntei num tom irônico, como se não acreditasse que a casa de Saint-Leu-la-Forêt existisse.

— Tenho o direito de viver a minha própria vida...

— Precisa me levar um dia a Saint-Leu...

Ela sorriu.

— Está brincando comigo?

— De jeito nenhum. Estou muito curioso para conhecer a sua casa...

— Infelizmente não moro mais lá desde ontem... você sabe muito bem disso...

A Pont-Neuf. Fizemos o mesmo trajeto que tínhamos feito a pé na véspera. Ela estacionou o carro no pequeno bolsão do cais Conti, na esquina com o beco de mesmo nome.

As janelas do escritório e do quarto ao lado estavam iluminadas. Dessa vez não teríamos como evitar Grabley, e essa perspectiva me deixou pouco à vontade. Disse a ela:

— Vamos entrar em silêncio.

Mas, quando atravessávamos o vestíbulo na semiescuridão, Grabley abriu a porta do quarto vizinho ao escritório.

— Quem está aí? É você, Obligado?

Vestia seu roupão xadrez.

— Você poderia me apresentar...

— Gisèle – eu disse com uma voz hesitante.

— Henri Grabley.

Ele avançou em direção a ela e lhe estendeu a mão, que ela não pegou.

— É um prazer conhecê-la. Desculpe por recebê-la nesses trajes.

Agia como se fosse o dono da casa. Aliás, sua figura combinava muito bem com aquele apartamento vazio...

— O senhor Grabley é um amigo de meu pai – eu disse.

— Seu amigo mais antigo.

Fez um sinal para que entrássemos no quarto, ao lado do escritório, que nunca teve um uso muito definido: ora sala – a mobília consistia antigamente em um sofá de veludo azul-escuro, duas poltronas dessa mesma cor e uma mesa de centro –, ora "quarto de hóspedes".

As janelas, sem cortina, davam para o cais.

— Estava cansado da vista para o pátio. Mudei para cá. Você me autoriza, Obligado?

— Sinta-se em casa.

Ele entrou no quarto, mas ela e eu nos demorávamos na porta. Havia um colchão estendido diretamente no piso, no canto esquerdo. A luz provinha de uma lâmpada colocada na base de um abajur. Não havia mais nenhum móvel ali. Sobre o aparador de mármore da lareira, a sacola de lona preta que Grabley usava algumas vezes para fazer as compras de manhã, e o aparelho de rádio.

— Prefere que a gente fique no escritório?

Fixava os olhos nela, sorrindo, com a cabeça levemente para cima.

— Você é encantadora, senhorita...

Ela não reagiu a esse comentário, mas temi que quisesse ir embora por causa da presença dele.

— Não fique brava pela minha franqueza, senhorita...

Nosso silêncio o embaraçava. Virou-se para mim:

— Não estou conseguindo falar com seu pai. Ninguém atende no número de telefone que ele me passou.

Nada de surpreendente nisso. Cheguei até mesmo a achar que ninguém jamais atenderia naquele número.

— Basta insistir – eu disse. — Ele acabará atendendo.

Parecia agora um tanto desamparado, ali, à nossa frente, como um vendedor ambulante que não conseguiu convencer seu público a comprar alguma coisa.

— Que tal jantarmos juntos, nós três, amanhã?

— Não sei se Gisèle estará livre.

Olhei para ela, em busca de algum apoio.

— Agradeço muito, senhor, mas não conseguirei estar em Paris amanhã à noite.

Senti-me grato a ela por ter adotado esse tom amável, pois temia que lhe respondesse de forma agressiva. De repente senti uma certa pena de Grabley, com seu bigode loiro e sua sacola sobre a lareira, pelo sumiço de meu pai... Revejo essa cena agora à distância. Por trás do vidro de uma janela, posso distinguir um homem loiro com seus 50 anos vestindo um roupão xadrez, uma jovem com um mantô de pele e um rapaz... A lâmpada, sobre o pé de um abajur, é muito pequena e muito fraca. Se pudesse fazer o tempo voltar para trás e retornasse a esse mesmo quarto, eu talvez trocasse essa lâmpada. Mas sob uma iluminação forte tudo aquilo correria o risco de desaparecer.

*

No quarto do quinto andar, ela se deitou encostada em mim. Eu escutava uma música e a voz monótona de um locutor.

Grabley ouvia o rádio no andar de baixo.

— Esse sujeito parece esquisito – disse ela. — O que ele faz da vida?

— Ah, um pouco de tudo.

Certo dia deparei com uma carteira que ele tinha esquecido no escritório. Um dos documentos que havia ali, bem antigo, me surpreendeu: um pedido de registro comercial como vendedor de frutas e legumes no mercado de Reims.

— E o seu pai? É desse tipo de homem também?

Pela primeira vez ela se dirigia a mim com mais intimidade.

— Não. Não exatamente...

— Ele foi para a Suíça por ter problemas na França?

— Sim.

Nada disso parecia perturbá-la muito.

— E você? Tem família? – perguntei.

— Não exatamente.

Ela me olhou sorrindo:

— Tenho um irmão chamado Lucien...

— Mas o que você faz na vida?

— Um pouco de tudo...

Franziu as sobrancelhas, como se buscasse as palavras certas. E disse:

— Já fui até casada.

Fiz cara de não ter entendido. Qualquer gesto ou palavra poderia interromper aquele momento de confidência. Mas ela voltou a ficar em silêncio, o olhar voltado para o teto.

Reflexos deslizavam pelas paredes. Suas formas e seus movimentos faziam lembrar uma folhagem murmurando e sendo tocada pelo vento. Era o último barco turístico que passava pelo Sena, com seus refletores focando as fachadas dos prédios do cais.

O dia seguinte era um sábado. O sol e o céu azul contrastavam com as nuvens baixas e o céu cinzento da véspera. No cais, um dos livreiros já estava com seu quiosque aberto. Tive a mesma sensação de férias que já havia conhecido em alguns poucos sábados do meu passado em que dormira nesse mesmo quarto, surpreso por estar distante do dormitório da escola.

Ela parecia menos tensa, nessa manhã, do que no dia anterior. Pensei em nossa ida próxima para Roma e decidi comprar o quanto antes um mapa da cidade. Perguntei-lhe se queria fazer um passeio no Bois de Boulogne.

Grabley havia deixado um recado no escritório:

Caro Obligado,

Preciso voltar de novo ao bulevar Haussmann para jogar fora o restante da papelada que seu pai deixou ali. Hoje à noite farei o meu último "tour". Se você quiser me encontrar com sua amiga, apareça às oito no Magots. Essa jovem é realmente encantadora... não largue dela... Ficarei feliz de lhe apresentar de noite uma pessoa que também é muito legal.

H. G.

Ela quis conferir se as malas continuavam na despensa. Em seguida disse que precisava ir para os lados do cais de Passy pegar alguma coisa antes do meio-dia. Caía bem, pois era no caminho para o Bois de Boulogne.

Quando chegamos ao carro, pedi que me esperasse um pouco e corri até o quiosque do livreiro. Na fileira dos livros de viagem e de geografia, encontrei um velho guia de Roma, e vi nesse acaso um presságio positivo.

Já estávamos habituados com aquele carro e me parecia até mesmo que ele era nosso desde sempre. Havia pouco trânsito nessa manhã de sábado, como em um desses períodos de férias em que a maioria dos parisienses deixa a cidade. Atravessamos para a margem direita do Sena pela ponte da Concorde. Nessa outra margem os cais estavam mais vazios ainda. Depois dos jardins do Trocadéro, paramos na esquina da rua Alboni, sob o viaduto do metrô.

Ela pediu que eu descesse ali e marcamos de nos encontrar dentro de uma hora no café, no cais.

Virou-se para mim e fez um sinal com o braço.

Perguntei-me se ela não ia sumir de vez. Na véspera eu tinha pelo menos um ponto de referência: vi-a entrar no prédio. Mas agora ela não quis que a acompanhasse até o final do trajeto. Com ela, eu não tinha certeza de nada.

Preferi andar a ficar parado à sua espera no café. Passeei pelas ruas próximas, uma por uma, e pelas escadarias com suas balaustradas e postes de luz. Voltei mais tarde inúmeras vezes a esses lugares, e em todas as vezes as escadarias da rua Alboni me faziam recordar esse sábado em que caminhei por ali enquanto a aguardava. Estávamos em novembro, mas, em minhas lembranças, por causa do sol daquele dia, o bairro aparece banhado por uma luminosidade estival. Manchas de sol nas calçadas e sombra sob o viaduto do metrô. Uma passagem estreita e escura, que antigamente funcionava como uma trilha rural, sobe entre os prédios até a rua Raynouard. De noite, à saída da estação Passy, os postes lançam uma luz pálida sobre as folhas das árvores.

Quis passar num dia desses pelo local uma última vez. Caí na área onde ficam os edifícios de escritórios do governo, na beira do Sena. A maior parte deles estava sendo demolida. Havia muito entulho, paredes derrubadas, como depois de um bombardeio. Com seu movimento lento, os tratores recolhiam os escombros. Fiz meia-volta pela rua Charles-Dickens. Perguntei-me qual teria sido o endereço aonde ela foi naquele sábado. Certamente era na rua Charles-Dickens. Quando nos separamos, vi que ela entrara à esquerda. Uma hora mais tarde, voltando para ir ao café do cais onde tínhamos combinado de nos encontrar, avancei pela calçada da rua Frémier no sentido do Sena e ouvi alguém me chamar pelo nome. Virei: ela vinha na minha direção segurando um labrador preto pela coleira.

*

Ao me ver, o cão abanou o rabo. Apoiou as patas dianteiras nas minhas pernas. Acariciei-o.

— Engraçado... parece até que ele conhece você.

— É seu? – perguntei.

— Sim. Mas eu tinha deixado com uma pessoa porque nos últimos tempos não estava conseguindo cuidar dele.

— Como ele se chama?

— Raymond.

Ela parecia contente por tê-lo de volta.

— Você precisa pegar mais alguma coisa agora?

— Não. Agora não.

Sorriu para mim. Com certeza tinha percebido que eu estava brincando com ela. As malas, o mantô de pele, o cão... Hoje em dia eu entendo melhor essas idas e vindas tentando reunir pedaços dispersos de uma vida inteira.

O cachorro entrou no carro e se deitou no banco de trás, como se aquele lugar lhe fosse familiar. Ela disse que antes de irmos ao Bois de Boulogne precisava passar na casa de Ansart. Queria pedir a Jacques de Bavière para continuarmos com o carro. Ansart e Jacques de Bavière estavam sempre juntos aos sábados no apartamento ou no restaurante de Ansart. Aquelas pessoas, então, tinham os seus hábitos, e eu agora fazia mais ou menos parte do grupo, sem saber muito bem por quê. Eu era como aquele viajante que embarca em um trem em movimento e se vê na companhia de quatro desconhecidos. E se pergunta se não pegou o trem errado. Mas pouco importa... À sua volta, os outros começam a falar com ele.

Voltei-me para o cão.

— Raymond conhece Ansart e Jacques de Bavière?

— Sim, conhece.

Ela riu. O cachorro ergueu a cabeça e olhou para mim com as orelhas em pé.

Quando os conheceu, ela estava com o cão. Ainda morava em Saint-Leu-la-Forêt. As pessoas com quem deixou o cachorro depois tinham uma casa perto de Saint-Leu-la-Forêt e um apartamento em Paris. E agora haviam trazido o cachorro para ela em Paris.

Eu me perguntava se devia acreditar no que ela dizia. Essas explicações me pareciam ao mesmo tempo excessivas e incompletas, como se ela ocultasse a verdade em meio a uma profusão de detalhes. Por que ficou uma hora ali se era apenas para pegar um cachorro? E por que não quis que eu a acompanhasse? Quem eram essas pessoas?

Considerei que não valia a pena lhe fazer essas perguntas. Fazia apenas 48 horas que eu a conhecera. Bastariam mais alguns dias de intimidade para que as barreiras entre nós se desfizessem. Logo eu saberia de tudo.

Paramos na frente do prédio na rua Raffet e cruzamos o pátio. Ela deixara o cão sem coleira, mas ele nos seguia obedientemente. Quem nos abriu a porta foi Martine, a moça loira. Deu um beijo em Gisèle. Em seguida, beijou-me também. Fiquei surpreso com essa familiaridade.

Ansart e Jacques de Bavière estavam sentados no divã e olhavam fotografias, algumas das quais espalhadas sobre o carpete, aos seus pés. Não demonstraram nenhuma surpresa com a nossa chegada. O cachorro subiu no divã e brincou com eles.

— Está contente por ter pegado de volta o seu cachorro? – perguntou Jacques de Bavière.

— Muito contente.

Ansart juntou todas as fotos e as colocou sobre a mesa de centro.

— Teve algum problema com o carro? – perguntou Jacques de Bavière.

— Nenhum problema.

— Sentem-se dois minutinhos – disse Ansart com seu leve sotaque suburbano.

Sentamo-nos nas poltronas. O cachorro pulou e foi se deitar na frente de Gisèle. Martine se sentou no chão, entre Jacques de Bavière e Ansart, as costas apoiadas na borda do sofá.

— Queria saber se podemos ficar com o carro mais algum tempo – disse Gisèle.

Jacques de Bavière deu um sorriso irônico:

— Claro que sim. O tempo que vocês quiserem.

— Com uma condição... – disse Ansart.

Ergueu um dedo para chamar nossa atenção. Com o rosto tomado por um largo sorriso, parecia prestes a fazer alguma brincadeira.

— Com a condição de que façam um pequeno favor para mim...

Tirou um cigarro do maço que estava sobre a mesa de centro e o acendeu, nervosamente, com um isqueiro. Olhava diretamente nos meus olhos, como se se dirigisse a mim e Gisèle já estivesse mais ou menos a par do assunto.

— Bem... É muito simples... Só preciso que vocês atuem como mensageiros...

Jacques de Bavière e Martine observavam o cão, que permanecia em posição de esfinge aos pés de Gisèle, mas eu tive a sensação de que o faziam como uma forma de se segurar para não cruzarem os seus olhares com o meu. Talvez temessem que eu me sentisse chocado com a proposta de Ansart.

— Não é muito complicado... Amanhã à tarde vocês irão a um café que eu indicarei... Ficarão ali esperando a chegada desse sujeito aqui...

Pegou uma das fotografias sobre a mesa de centro e nos mostrou à distância. Era o rosto de um homem de cabelo escuro, com cerca de 40 anos. Gisèle não parecia surpresa com essa proposta, mas Ansart certamente notou minha desconfiança. E se inclinou na minha direção:

— Fique tranquilo. Não existe nada mais banal do que isso... Esse homem é um dos meus parceiros de negócios... Quando ele se sentar a uma mesa, um de vocês se apresentará a ele dizendo apenas o seguinte: "O sr. Pierre Ansart o aguarda no carro na esquina da rua... ".

Sorriu mais uma vez, abertamente, com um sorriso de criança. Seu rosto transpirava franqueza.

Eu queria saber o que Gisèle achava daquilo tudo. Ela se inclinou e pegou a fotografia, que Ansart havia deixado novamente sobre a mesa de centro. Ficamos olhando a foto. Parecia a ampliação de uma foto de carteira de identidade. Um rosto com traços regulares. Cabelo preto penteado para trás. Uma testa ampla.

Martine e Jacques de Bavière olhavam outras fotos do mesmo homem sob ângulos diferentes, sozinho ou acompanhado de outras pessoas.

— E o que ele faz da vida? – perguntei timidamente.

— Tem uma profissão totalmente honrosa – disse Ansart, sem dar mais detalhes. — Vocês, então, aguardam a chegada dele e transmitem meu recado... será em Neuilly, perto do Bois de Boulogne.

— E depois? – perguntou Gisèle.

— Depois vocês estão livres. E, como eu não tenho o costume de fazer as pessoas trabalharem de graça, ofereço 2 mil francos para cada um por esse serviço.

— Agradeço, mas não preciso de dinheiro – eu disse.

— Que bobagem, garoto. Na sua idade todos precisamos de dinheiro...

O tom era paternal e o olhar continha uma expressão tão doce e triste que esse homem acabou de repente por me inspirar uma certa simpatia.

Fez sol a tarde toda, mas estávamos naquele período do ano em que anoitece por volta das cinco horas. Ansart quis que fôssemos almoçar no restaurante dele. Ficava um pouco para cima do 16º distrito, na rua Belles-Feuilles. Ansart, Jacques de Bavière e Martine foram em um carro preto e nós os seguimos pelas ruas vazias daquele sábado.

— Você acha que podemos fazer esse serviço que ele pediu? – perguntei a Gisèle.

— Isso não nos compromete com nada...

— Você sabe que tipo de profissão ele tem, além desse restaurante?

— Não.

— Seria interessante saber...

— Acha mesmo?

Ela deu de ombros. Em um farol vermelho do bulevar Suchet, paramos ao lado deles. Martine estava no banco de trás e sorriu para nós. Ansart e Jacques de Bavière estavam concentrados em uma conversa bastante séria. Num movimento com o dedo indicador, Jacques de Bavière lançou cinzas de seu cigarro pela janela entreaberta.

— Você já esteve no restaurante dele?

— Sim, duas ou três vezes. Você sabe, não faz muito tempo que os conheço...

De fato, ela os conhecia havia apenas três semanas. Nada nos ligava a eles de forma definitiva, a não ser que ela estivesse escondendo alguma coisa de mim. Perguntei se ela tinha a intenção de continuar convivendo com eles. Ela disse que Jacques de Bavière fora muito gentil com ela e lhe fizera favores desde o primeiro encontro. Chegara até mesmo a lhe emprestar dinheiro.

— Não foi por causa deles que você foi interrogada na polícia naquele dia?

Essa ideia passou pela minha cabeça de repente.

— Não, de jeito nenhum...

Ela franziu as sobrancelhas e me dirigiu um olhar de preocupação.

— Eles não podem saber de jeito nenhum que eu fui interrogada...

Ela já havia feito essa observação na véspera, sem dar detalhes.

— Por quê? Eles podem ter problemas por causa disso?

Ela pisou mais fundo no acelerador. O cão se ergueu no banco de trás e apoiou a cabeça no meu ombro.

— Eles me convocaram lá porque encontraram meu nome numa ficha de um hotel. De qualquer maneira, eu me apresentaria a eles voluntariamente...

— Por quê?

Ultrapassamos o carro de Ansart e Jacques de Bavière. Avançávamos velozmente e acho que atravessamos um sinal vermelho. Eu sentia a respiração do cão no meu pescoço.

— Eu deixei o meu marido, e ele mandou irem atrás de mim. Durante os últimos meses em que estivemos juntos, ele me ameaçava o tempo todo... Contei tudo à polícia...

— Você morava com ele em Saint-Leu-la-Forêt?

— Não.

Ela respondeu secamente. Já se arrependia de ter se aberto comigo. Arrisquei mais uma pergunta:

— Que tipo de gente é o seu marido?

— Oh... um homem comum, como todo mundo...

Percebi que não conseguiria extrair mais nada dela, ao menos naquele momento. Os outros nos alcançaram. Jacques de Bavière se inclinou para fora da janela e gritou:

— Você acha que está no 24 Horas de Le Mans[1]?

Passaram à nossa frente e reduziram a velocidade. Ela também. Íamos agora atrás deles, bem próximos, com os para-choques quase se tocando.

— Podemos passear no Bois de Boulogne depois do almoço? – perguntei.

— Claro que sim... Não somos obrigados a ficar com eles...

Fiquei feliz de ouvir aquilo. Sentia-me dependente dos adultos e de sua boa vontade. A permanência do meu colégio durante seis anos e a ameaça iminente de prestar o serviço militar me davam a sensação de estar roubando cada minuto de liberdade e de viver secretamente.

— É verdade... não temos de prestar contas a eles...

Essa observação a fez rir. O cão continuava a fungar no meu pescoço, passando de vez em quando a língua áspera na minha orelha.

1 Referência a uma prova tradicional de automobilismo. [TODAS AS NOTAS SÃO DESTA EDIÇÃO.]

O restaurante tinha o nome da rua: Les Belles Feuilles.

Um salão pequeno. Móveis de madeira clara. Um balcão de mogno. Mesas cobertas com toalhas brancas e bancos vermelhos.

Quando entramos, havia três clientes comendo. Fomos recebidos pelo garçom, um homem de cabelo escuro com cerca de 35 anos vestido de branco que eles chamavam de Rémy. Ele nos colocou em uma das mesas do fundo. Gisèle continuava com seu mantô de pele.

Ela disse a Ansart:

— Acha que pode ter alguma coisa para o cachorro comer?

— Claro que sim.

Ele chamou Rémy, e todos nós pedimos o prato do dia. Ansart se levantou e foi até a mesa dos clientes. Falava com eles de modo bastante cortês. Depois veio sentar conosco.

— E então? O que você achou do meu estabelecimento? – perguntou dirigindo-me um sorriso largo.

— Gostei muito.

— Era um antigo café-carvão[2] que eu frequentava quando tinha a sua idade, durante a guerra. Na época

2 Estabelecimento que no século XIX vendia café, vinho e carvão.

jamais poderia imaginar que um dia o transformaria em restaurante.

Parecia disposto a me fazer confidências. Seria por causa de minha timidez? De meus olhos atentos? De minha idade, que lhe trazia recordações?

— A partir de hoje você pode vir aqui e comer o que quiser, sem pagar.

— Obrigado.

Jacques de Bavière foi até o bar fazer uma ligação. Colocou-se atrás do balcão, como se fosse o dono do lugar.

— A clientela daqui é muito tranquila – disse Ansart. — Gente do bairro...

— E você, também cuida do restaurante? – perguntei a Martine.

— Ela me ajudou um pouco na decoração.

Ele pôs a mão afetuosamente sobre o ombro dela. Eu estava curioso para saber como ela e ele tinham se conhecido, assim como Ansart e Jacques de Bavière também. Ansart era pelo menos dez anos mais velho do que ele. Imaginava-o na minha idade, numa noite de novembro, entrando nesse café que ainda não devia se chamar "Les Belles Feuilles". O que fazia ele nesse bairro naquela época?

*

Depois do almoço, ficamos um tempo conversando na calçada. Gisèle lhes disse que levaríamos o cão para passear um pouco no parque. Ansart queria deixar Jacques de Bavière em sua casa, na rua Washington. Nós dissemos que isso não seria necessário e que Jacques de Bavière já podia pegar o seu carro de volta. Mas não, ele fez questão de que continuássemos com o carro. Era muita gentileza de sua parte.

Perguntei a Ansart qual era o local em Neuilly onde teríamos de cumprir a nossa missão na noite seguinte.

Era na rua de Ferme, ao lado do parque.

— Quer fazer um reconhecimento do lugar? Tem razão. É mais prudente. É melhor conhecer antecipadamente todas as saídas de emergência.

E me deu um tapinha nas costas, o rosto cortado por um sorriso aberto.

Depois de passar pela porta Dauphine, pegamos o caminho que leva aos lagos e estacionamos na frente do Pavillon Royal. Uma tarde de sábado ensolarada de fim de outono, como aqueles sábados de minha infância quando eu chegava naquela mesma hora àquele mesmo lugar com o ônibus 63, que parava na porta da Muette. Já havia bastante gente no guichê de aluguel de barcos.

Caminhamos em torno do lago. Ela retirara a coleira do cão, que corria à nossa frente. Quando se afastava demais, ela o chamava de volta: Raymond! E ele dava meia-volta imediatamente. Passamos pelo embarcadouro de onde partem os barcos motorizados e chegamos ao Chalet des Isles.

— Somos mesmo obrigados a encontrar de novo com eles mais tarde?

Ela ergueu a cabeça em minha direção e me fitou com seus olhos azul-claros.

— É melhor – disse ela. — Eles podem nos ajudar... além disso, eles nos emprestaram o carro.

— Você acha mesmo que devemos aceitar o que eles nos pediram para fazer?

— Está com medo?

Ela me segurou no braço, e avançamos pela aleia que aos poucos se estreitava entre as árvores.

— Fazendo esse serviço para Pierre, poderemos

depois pedir a ele o que nós quisermos. Pierre é muito gentil, sabe...

— Pedir o quê, por exemplo?

— Para nos ajudar na viagem a Roma.

Ela não tinha esquecido o projeto de que eu havia falado. Eu trazia o guia de Roma em dos bolsos e já o havia consultado inúmeras vezes.

— Eu também estarei melhor em Roma do que aqui – disse ela.

Eu queria que ela me explicasse de uma vez por todas qual era a sua situação.

— Afinal, o que está acontecendo com o seu marido?

Ela parou. O cão se infiltrou na mata e se pôs a cheirar as árvores. Ela se segurou no meu braço com mais força.

— Ele está tentando me encontrar, mas por enquanto não conseguiu. Mas ainda tenho medo de cruzar com ele.

— Ele está em Paris?

— Vem de vez em quando.

— Ansart e Jacques de Bavière sabem disso?

— Não. Mas preciso ser legal com eles. Eles podem me proteger.

— Qual é a profissão dele?

— Oh, depende do dia...

Estávamos no Carrefour des Cascades. Caminhamos pelo outro lado do lago. Não me fez mais nenhuma confidência a não ser contar que se casara aos 19 anos e que o marido era mais velho do que ela. Propus que passássemos de carro pelo local que Ansart designara para a nossa missão.

Cortamos por dentro do parque até a saída do lado de Neuilly e pegamos a rua de Ferme. O local do encontro era um bar-restaurante na esquina com a rua de Longchamp. Os últimos raios de sol custavam a desaparecer nas calçadas.

Era engraçado estar ali. Eu conhecia muito bem aquele bairro. Frequentara-o antes com meu pai e um amigo dele e depois com Charell e Karvé, colegas de escola. Não havia um único pedestre na rua de Ferme, e as hípicas pareciam fechadas.

*

Já era noite quando chegamos à casa de Ansart. Ele e Jacques de Bavière estavam sentados no divã vermelho, como na primeira vez. Martine trouxe da cozinha uma bandeja com chá e alguns *petits-fours*.

As fotos continuavam sobre a mesa de centro. Peguei uma ao acaso, mas era a mesma que já tinha visto.

— Acha que conseguiremos reconhecê-lo? – perguntei a Ansart.

— Claro que sim. Não haverá muita gente no café amanhã à noite... e vou lhes dar um detalhe que logo chamará atenção de vocês: o sujeito certamente estará vestindo uma calça de equitação.

Tomei um gole de chá prolongado para me encorajar e perguntei:

— Por que você não vai, você mesmo, ao café?

Ansart me dirigiu aquele olhar triste e terno que sempre contrastava com seu sorriso franco.

— Você já vai entender: é que não existe nenhum encontro marcado entre mim e esse sujeito amanhã à noite... Será uma surpresa para ele...

— Uma surpresa boa?

Ele não respondeu. Acredito que se não fosse aquele olhar tão terno eu teria sentido uma certa inquietação. Martine nos serviu mais chá. Ansart colocou em nossas xícaras, na minha e na de Gisèle, dois cubos de açúcar que havia pegado com as pontas do indicador e do polegar.

— Não se preocupe – disse Jacques de Bavière olhando distraidamente uma das fotos. — É uma brincadeira que preparamos para ele...

Eu não estava realmente convencido, mas Gisèle, ao meu lado, parecia achar tudo aquilo muito natural. Sorvia o chá em pequenos goles. Deu um cubinho de açúcar ao cão.

— Esse senhor faz equitação? – perguntei para romper o silêncio.

Jacques de Bavière fez um sinal positivo com a cabeça.

— Eu o conheci numa hípica da rua de Ferme onde alugo um box para o meu cavalo.

Gisèle se virou para mim e, como se quisesse que a conversa enveredasse para algo mais fútil, disse:

— Jacques tem um cavalo muito bonito. Se chama Plaine au Cerf.

— Não sei se ficarei com ele por muito tempo – disse Jacques de Bavière. — É caro manter um cavalo, e não tenho tido tempo livre para aproveitá-lo.

Ele não tinha o sotaque levemente suburbano de Ansart, e a existência daquele cavalo me intrigava. Estava curioso para conhecer o apartamento da rua Washington e aquela "madrasta" de que Gisèle me falara.

— Amanhã vocês podem passar aqui primeiro ou ir direto para a rua de Ferme – disse Ansart. — Não esqueçam... o encontro é às seis horas... Tome, isso é para você e para sua irmã...

E me entregou dois envelopes que não ousei recusar.

*

Chegamos ao alto da Champs-Élysées e tivemos dificuldade para encontrar um lugar para estacionar. Fazia um tempo cálido, como numa noite de sábado primaveril.

Decidimos ver algum filme, mas não queríamos deixar o cachorro dentro do carro. Considerei que os funcionários do Napoléon, do lado da avenida da Grande-Armée, poderiam ser menos rígidos com relação a isso do que as grandes salas de cinema. De fato, a mulher da bilheteria e a recepcionista permitiram que ele entrasse conosco. O filme se chamava *Nas margens do Rio Grande*.

À saída do cinema, propus jantarmos num restaurante. Os 7.500 francos que Dell'Aversano me dera ainda estavam comigo, e a eles se juntavam os dois envelopes entregues por Ansart, com 2 mil francos cada um.

Queria convidá-la, mas me sentia intimidado diante dos restaurantes da Champs-Élysées. Pedi que ela mesma escolhesse um.

— Poderíamos voltar para a rua Washington – disse ela.

Eu não queria encontrar Jacques de Bavière de novo. Ela me tranquilizou. Ele estaria com Ansart e só voltaria para casa tarde da noite.

Sentamo-nos perto da vidraça.

— Jacques mora em frente.

E me sinalizou a porta do prédio número 22.

Eu preferia que esquecêssemos a existência dele, mas isso seria difícil enquanto continuássemos em Paris. Procurava acreditar nela quando dizia que aquelas pessoas podiam nos ajudar. Queria simplesmente saber mais coisas sobre eles.

— Você já foi no apartamento de Jacques de Bavière? – perguntei.

— Sim. Muitas vezes.

— Tenho curiosidade de saber em que tipo de lugar ele vive...

— A madrasta dele deve estar aí.

Depois de jantar, atravessamos a rua, e, de frente para a porta do 22, tive um momento de hesitação.

— Não precisa...

Ela insistiu. Diríamos à madrasta que tínhamos um encontro com Jacques de Bavière ou simplesmente que, passando pelo bairro, tivemos a ideia de fazer uma visita.

— Mas não é tarde demais para uma visita? Você conhece essa mulher?

— Um pouco.

Entramos no 22 e Gisèle tocou a campainha de uma porta no térreo. Acima da campainha, numa pequena placa prateada, estava gravado um nome: Ellen James.

Uma voz feminina perguntou:

— Quem é?

Havia um olho mágico na porta. Ela devia estar nos observando.

— Somos amigos de Jacques – disse Gisèle.

Abriu-nos a porta uma mulher loira com cerca de 45 anos, trajando um vestido de seda preto. No pescoço, um colar de pérolas.

— Ah, é você – disse ela a Gisèle. — Não tinha reconhecido.

Dirigiu-me um olhar interrogativo.

— Meu irmão – disse Gisèle.

— Entrem...

Arandelas de vidro fosco iluminavam suavemente o vestíbulo. Sobre o sofá encostado na parede estavam largados vários mantôs femininos e masculinos.

— Não sabia que você tinha um cachorro – disse ela a Gisèle.

Levou-nos a uma sala grande cujas janelas amplas davam para um jardim. Provinha do cômodo vizinho, ao fundo, um som de conversações.

— Estou recebendo alguns amigos para um jogo de cartas. Mas Jacques não está aqui esta noite...

Não sugeriu que tirássemos nossos mantôs. Minha sensação foi de que nos deixaria ali sozinhos na sala, voltando para onde estavam as outras pessoas.

— Não sei a que horas ele volta...

Seus olhos expressavam inquietação.

— Esteve com ele hoje? – perguntou a Gisèle.

— Sim. Almoçamos juntos. O sr. Ansart nos levou ao seu restaurante.

O rosto da mulher loira se descontraiu.

— Não o vi esta manhã... ele saiu muito cedo...

Era bonita, mas recordo que nessa noite ela já me parecia velha, uma mulher adulta, da idade de meus pais. Foi uma impressão semelhante à de quando conheci Ansart. Jacques de Bavière, por sua vez, me lembrava aqueles jovens que partiam para a guerra na Argélia quando eu tinha 16 anos.

— Desculpem, mas preciso voltar para ficar com meus convidados – disse ela.

Passei os olhos pela sala rapidamente. Madeiramento azul-celeste, biombo, lareira de mármore claro, espelhos de diferentes tamanhos. Ao pé de um aparador, o carpete estava bastante desgastado. Reparei numa das paredes a marca de um quadro que havia sido retirado dali. Através das janelas se viam os contornos das plantas sob a luz da lua, mas eu não conseguia ver onde acabava o jardim.

— Parece até que estamos no campo, não é? – disse-me a mulher loira percebendo para onde se dirigiam os meus olhos. — O jardim se estende até os prédios da rua de Berri.

Tive vontade de lhe perguntar de bate-pronto se ela era realmente a madrasta de Jacques de Bavière. A mulher nos acompanhou até a porta de saída.

— Querem deixar algum recado para Jacques?

Fez a pergunta distraidamente. Estava com pressa, sem dúvida, de voltar para a companhia de seus convidados.

*

Ainda era cedo. As pessoas faziam fila no cinema Normandie para a segunda sessão da noite.

Descemos pela avenida com o cão.

— Você acha mesmo que ela é madrasta dele? – perguntei.

— Foi o que ele disse. Ele me contou que ela mantém um clube de bridge no apartamento e que ele mesmo de vez em quando cuida disso junto com ela.

Um clube de bridge. Aí estava a explicação para o mal-estar que eu havia sentido. Não me surpreenderia se as poltronas e sofás daquele apartamento fossem protegidos por capas de tecido. Eu tinha notado também que havia pilhas de revistas sobre a mesa de centro, como nas salas de espera dos dentistas. Assim, o apartamento onde Jacques de Bavière e sua suposta madrasta moravam era na verdade um clube de bridge. Pensei em meu pai. Ele também recorreria tranquilamente a esse tipo de recurso, com Grabley fazendo as vezes de secretário e porteiro. Decididamente, todos eles faziam parte do mesmo mundo.

Quando chegamos próximo à altura das arcadas do Lido, fui acometido de uma vontade brutal de fugir da cidade, como se sentisse uma ameaça à minha volta.

— O que você tem? Está pálido...

Ela tinha parado. Um grupo de pessoas se chocou conosco ao avançar pela calçada. O cachorro, com a cabeça erguida em nossa direção, também parecia inquieto.

— Não é nada... uma tontura...

Esforcei-me para dar um sorriso.

— Quer se sentar um pouco para beber alguma coisa?

Ela sinalizou o terraço de um café, mas eu não conseguiria ficar no meio daquela multidão de uma noite de sábado. Eu me sentiria sufocado, E, de todo modo, não havia nenhuma mesa livre.

— Não... vamos continuar andando... já estou melhor...

Peguei na mão dela.

— Não quer ir agora para Roma? – perguntei. — Tenho a sensação de que, se não fizermos isso, será tarde demais...

Ela me fitou, os olhos arregalados.

— Por que agora? Precisamos aguardar, para que Ansart e Jacques de Bavière nos ajudem... Sem eles não conseguiremos fazer muita coisa...

— Vamos atravessar... do outro lado está mais calmo...

De fato, havia menos gente na calçada esquerda. Avançamos na direção da Étoile, onde tínhamos estacionado o carro. Agora, tentando me lembrar dessa noite, vejo duas silhuetas subindo a avenida na companhia de um cão. À sua volta, os pedestres são cada vez mais raros, os terraços dos cafés se esvaziam, as luzes dos cinemas se apagam. Em minha visão, nessa noite, vejo-me sentado em um terraço da Champs-Élysées ao lado de alguns outros frequentadores tardios. A luz do saguão já foi apagada e o garçom coloca as cadeiras sobre as mesas para nos sinalizar que é hora de partir. Eu saio. Caminho na direção da Étoile, quando ouço uma voz distante me dizer: "Precisamos aguardar, para que Ansart e Jacques de Bavière nos ajudem" – a voz grave dela, um pouco rouca como sempre.

*

No apartamento do cais Conti as janelas do escritório estavam iluminadas. Teria Grabley esquecido de apagar as luzes ao sair para o seu "tour"?

Ao passar pelo vestíbulo na semipenumbra, com o cão, ouvimos algumas risadas.

Avançávamos na ponta dos pés e Gisèle segurava o cachorro pela coleira. Esperávamos chegar até a escada sem chamar atenção de ninguém. Mas justo na hora em que passávamos pela porta entreaberta do escritório, ela se abriu bruscamente e Grabley apareceu, com uma taça na mão.

Ele levou um susto ao nos ver. Ficou parado no vão da porta, olhando surpreso para o cão.

— Olha só... esse aí eu não conheço...

Teria bebido demais? Com um gesto cerimonioso, fez um sinal para entrarmos.

Uma jovem morena de baixa estatura, rosto redondo e cabelos curtos estava sentada no sofá. Aos seus pés, uma garrafa de champanhe. Ela segurava uma taça na mão e não pareceu nada incomodada com nossa chegada. Grabley fez as apresentações.

— Sylvette... Obligado e senhorita...

Ela sorriu para nós.

— Você poderia oferecer um pouco de champanhe para eles – disse ela a Grabley. — Não gosto de beber sozinha.

— Vou pegar as taças...

Mas não encontrou mais nenhuma na cozinha: tinham ficado na casa apenas a dele e a da jovem. Ele teria de ir buscar taças ou até mesmo alguns daqueles copos de papel que vínhamos utilizando havia já várias semanas.

— Não se preocupe – eu disse.

O cão se aproximou da jovem morena. Gisèle o segurou pela coleira.

— Pode deixar... eu adoro cachorros...

E acariciou-lhe a testa.

— Adivinhem onde conheci Sylvette? – perguntou Grabley.

— Você acha mesmo que isso tem algum interesse para eles? – disse ela.

— Eu a conheci na Tomate...

Gisèle franziu as sobrancelhas. Temi que preferisse ir embora, nos deixando ali.

A morena bebeu um gole de champanhe, como uma forma de se recompor.

— Você não conhece a Tomate, Obligado?

Lembrei que passava na frente desse estabelecimento todo domingo à noite ao buscar minha mãe, que atuava em um teatro na região de Pigalle.

— Sou dançarina – disse ela com um ar um tanto embaraçado – e eles me contrataram por quinze dias... mas não vou continuar... A qualidade do espetáculo é muito ruim...

— Que nada! – disse Grabley.

Ela baixou os olhos, o rosto enrubescido.

Era bobagem sentir qualquer tipo de incômodo em relação a nós. Lembrei-me daquelas noites de domingo quando eu atravessava Paris inteira a pé, da margem esquerda até Pigalle, e do luminoso no fim da rua Notre-Dame-de-Lorette, vermelho, depois verde, depois azul.

LA TOMATE

STRIP-TEASE

PERMANENTE

O teatro Fontaine ficava um pouco mais acima. Minha mãe atuava em uma peça popular chamada *La Princesse parfumée* [A princesa perfumada]. Voltávamos no último ônibus para o apartamento do cais Conti, que já estava quase tão deteriorado como agora.

— Um brinde à Tomate – disse Grabley erguendo sua taça.

A jovem ergueu sua taça também, como quem aceita um desafio. Gisèle e eu ficamos parados. O cachorro também. Suas taças tilintaram. Houve um longo momento de silêncio. Estávamos todos de pé sob a luminosidade baça da lâmpada do teto, como se festejássemos um aniversário cheio de mistério.

— Desculpem – disse Gisèle –, mas estou morta de sono.

— Amanhã, como é domingo, podemos ir juntos à Tomate assistir a Sylvette – disse Grabley.

Mais uma vez pensei nas minhas noites de domingo de antigamente.

*

Meu sono foi agitado. Acordava de vez em quando sobressaltado e checava se ela continuava ao meu lado na cama. Tive febre. O quarto tinha se transformado em uma espécie de compartimento de um vagão de trem. As silhuetas de Grabley e da jovem morena apareciam na moldura da janela. De pé na plataforma, aguardavam nossa partida. Cada um segurava um copo de papel na mão e ergueram os braços para fazer um brinde como em câmera lenta. Eu ouvia a voz de Grabley meio abafada:

— Encontro marcado amanhã, domingo, na Tomate...

Mas eu sabia que nós não iríamos àquele encontro. Deixávamos Paris para sempre. O trem sacudia. Os contornos dos prédios e armazéns do subúrbio apareciam pela última vez, escuros sob o céu crepuscular. Apertados em uma cama-beliche, éramos chacoalhados fortemente pelos solavancos do vagão. Na manhã seguinte, o trem pararia em uma plataforma inundada pelo sol.

Acordamos tarde no domingo com a sensação de estar gripados. Precisávamos encontrar alguma farmácia de plantão no bairro para comprar um tubo de aspirina. E, de toda forma, tínhamos de levar o cachorro para passear.

Grabley já tinha saído. E deixara um bilhete bem visível sobre o sofá do escritório.

Caro Obligado,

Vocês ainda estão dormindo. Vou à missa das onze horas em Saint-Germain-des-Près.

Seu pai telefonou hoje cedo, mas a ligação estava muito ruim porque ele estava falando de um telefone público ao ar livre: dava para ouvir as buzinas e o barulho do trânsito, que abafavam a voz dele.

A ligação caiu, mas tenho certeza de que vai chamar de novo. A vida não deve estar nada fácil para ele na Suíça. Eu tentei dissuadi-lo de ir para lá. É um país muito difícil para quem não tem muito dinheiro...

Contamos com a presença de vocês hoje nesta noite de domingo na Tomate. As duas últimas sessões são às 20h e às 22h. Vocês escolhem.

Vamos depois comer alguma coisa na região. Venham conosco.

Henri

Havia uma farmácia aberta na rua Saint-André-des-Arts. Fomos a um café no cais para tomar os comprimidos de aspirina e depois caminhamos até a ponte da Tournelle depois de soltar o cão da coleira.

O dia estava lindo, como na véspera, porém mais frio, a tal ponto que parecia estarmos em uma manhã ensolarada de um mês de fevereiro. Logo viria a primavera. Eu me acalentava com essa ilusão, pois a perspectiva de passar o inverno inteiro em Paris sem ter certeza de poder ficar no apartamento me causava uma certa preocupação.

Ao longo de nossa caminhada, começamos a melhorar. Almoçamos em um hotel do cais dos Grands-Augustins chamado Le Relais Bisson. Ao ver que os pratos eram muito caros, pedimos apenas uma sopa, uma sobremesa e uma porção de carne moída para o cachorro.

Passamos a tarde suavemente entorpecidos na cama do quinto andar e, depois, ouvindo rádio pelo aparelho que ficava no escritório. Lembro que era um programa dedicado a músicos de jazz.

Todo esse encantamento foi rompido bruscamente. Dali a uma hora tínhamos de comparecer ao encontro que Ansart havia agendado para nós.

— E se déssemos um cano nele? – perguntei.

Ela hesitou um pouco. Senti que estava quase convencida disso.

— Nesse caso teríamos que deixar o carro na rua Raffet e nunca mais vê-los...

Pegou um cigarro do maço de Camel que Grabley esquecera ali. Acendeu e deu uma tragada. Tossiu. Era a primeira vez que eu a via fumando.

— Seria uma estupidez se desentender com eles...

Fiquei decepcionado com essa mudança de opinião. Ela esmagou o cigarro no cinzeiro.

— Vamos fazer o que eles disseram e depois eu pedirei bastante dinheiro para Ansart para podermos ir para Roma.

Tive a sensação de que ela disse isso para me convencer, mas que ela mesma não acreditava muito nessas palavras. Um último raio de sol banhava a ponta da ilha, ali onde o jardim de Vert-Galant acaba. Havia poucas pessoas caminhando no cais e os livreiros já começavam a fechar os seus quiosques. Ouvi o relógio do Institut bater cinco horas.

Decidimos deixar o cachorro no apartamento, com a intenção de voltar a pegá-lo o mais rápido possível. Mas assim que fechamos a porta ele começou a latir e a ganir incessantemente. Resignados, acabamos por levá-lo conosco ao encontro marcado.

Ainda estava claro quando chegamos ao Bois de Boulogne. Estávamos adiantados e estacionamos na frente do antigo castelo de Madrid. Caminhamos pela clareira de pinheiros-mansos até o lago Saint-James, onde uma vez eu tinha visto alguns patinadores em algum inverno da minha infância. O cheiro da terra molhada e o anoitecer me trouxeram à lembrança, mais uma vez, alguns finais de domingo de antigamente, até provocarem dentro de mim uma angústia profunda, semelhante à que eu experimentava diante da perspectiva de voltar para a escola na manhã do dia seguinte. Claro que agora a situação era outra. Eu caminhava pelo Bois de Boulogne com ela, não com meu pai, com meus amigos Charell ou Karvé. Mas havia no ar alguma coisa que era idêntica, o mesmo cheiro, e o fato de também estarmos em um domingo.

— Vamos lá... – disse ela.

Também parecia angustiada. Para me tranquilizar, eu fixava os olhos no cão, que corria à nossa frente.

Perguntei se achava que devíamos pegar o carro. Ela disse que não valia a pena.

Avançamos a pé pela rua de Ferme. Ela agora segurava o cão com a coleira. Passamos na frente do portão dos Charell, depois pela hípica Howlett, que parecia abandonada. Os Charell certamente já não moravam ali. Eram desse tipo de gente que não se fixa em nenhum lugar. Onde estaria Alain Charell nessa noite? Em algum lugar do México? Ouvi ao longe o som de cascos de cavalo. Virei-me: dois cavaleiros, dos quais consegui distinguir apenas as silhuetas, acabavam de surgir no começo da rua. Seria um deles o homem que dali a pouco deveríamos abordar?

Eles aos poucos se aproximavam de nós. Ainda daria tempo de dar meia-volta, pegar o carro, deixá-lo na frente do prédio da rua Raffet e desaparecer com o cão sem dar notícia alguma.

Ela me apertou o braço com força.

— Não vai demorar muito – disse ela.

— Acha mesmo?

— Assim que falarmos com esse sujeito, caímos logo fora, e eles que se virem.

Os dois cavaleiros viraram à direita, na pequena rua Saint-James. Os cascos dos cavalos silenciaram.

Chegamos ao café. Notei a presença do carro de Ansart no trecho da rua da Ferme que dá no Sena. Alguém estava sentado em um dos para-lamas. Jacques de Bavière? Não consegui ter certeza. Dois corpos ocupavam os bancos dianteiros.

Entramos. Fiquei surpreso com o aspecto confortável do local, pois esperava que fosse um café bem simples. Havia um balcão e mesas redondas de mogno. Poltronas de couro levemente gasto. As paredes cobertas por madeira. Na lareira de tijolos, o fogo estava aceso.

Sentamo-nos à mesa mais próxima da entrada. Havia alguns clientes ao redor, mas não reconheci o homem entre eles.

O cachorro se deitou docilmente aos nossos pés. Pedimos dois cafés e logo paguei a conta para podermos sair assim que transmitíssemos o recado àquele desconhecido.

Gisèle tirou do bolso da capa o maço de cigarros de Grabley e acendeu um. Deu uma tragada, meio desajeitadamente. Sua mão tremia.

Perguntei:

— Está com medo?

— De jeito nenhum.

A porta se abriu e três pessoas entraram: uma mulher e dois homens. Um deles era, certamente, o da foto: testa ampla, cabelos bem castanhos penteados para trás.

Conversavam animadamente. A mulher ria bastante.

Sentaram-se a uma mesa no fundo, perto da lareira. O sujeito tirou o sobretudo azul-marinho. Não vestia nenhum culote de cavaleiro.

Gisèle esmagou o cigarro no cinzeiro. Olhava para baixo. Estaria tentando evitar o olhar daquele homem?

Ele estava de frente para nós, na mesa do fundo. Os outros dois, uma morena com cerca de 30 anos e um loiro de rosto fino e nariz aquilino, estavam de lado.

A mulher falava alto. O homem tinha um aspecto mais jovem do que parecia naquela foto ampliada de sua identidade.

Levantei-me, as mãos úmidas.

Avancei até a mesa deles, parei. Eles interromperam a conversa.

Inclinei-me na direção dele:

— Estou encarregado de lhe dar um recado.

— Um recado da parte de quem?

Sua voz tinha um timbre agudo, abafado, e ele parecia irritado com o fato de eu ter ido perturbá-lo ali.

— É da parte de Pierre Ansart. Ele aguarda por você no carro, ali na esquina.

Eu estava rijo, e pronunciei a frase me esforçando para articular as sílabas da melhor maneira possível.

— Ansart?

Seu rosto expressava o desconforto de alguém que se vê advertido em um lugar e em uma hora em que não esperava por isso.

— Ele quer falar comigo agora?

— Sim.

Dirigiu um olhar preocupado para a porta do bar.

— Me desculpem – disse aos seus dois acompanhantes. — Preciso só cumprimentar rapidamente um amigo que me aguarda lá fora.

Os outros dois me olharam com certa arrogância: seria pela minha pouca idade e meus trajes descuidados? Nesse momento raciocinei que eles poderiam conseguir me reconhecer depois. Teriam notado também a presença de Gisèle?

Ele se levantou e vestiu o sobretudo azul-marinho. Virou-se para o loiro e disse:

— Faça a reserva para esta noite... Seremos oito...

— É bobagem – disse a mulher. — Eu podia ter organizado um jantar na minha casa...

— Não, não... Eu já volto...

Eu continuava parado diante deles. Ele perguntou:

— Então, onde está esse carro?

— Vou lhe mostrar.

Andei à frente dele até a saída. Gisèle aguardava de pé, com o cão, ao lado da mesa. Ele pareceu surpreso com a presença dela. Abri a porta e deixei os dois passarem.

O carro tinha se aproximado. Tinham-no estacionado

na esquina com a rua de Longchamp. Jacques de Bavière estava de pé, apoiado nele. Ansart saiu deixando a porta da frente aberta e nos fez um sinal com o braço. A rua estava bastante iluminada. No ar frio e límpido, distinguiam-se nitidamente as fachadas dos prédios, os pedaços de muros, assim como o carro.

O homem avançou em direção a eles e nós ficamos parados na calçada. Tinha se esquecido de nós. Ergueu o braço, ele também, na direção de Ansart.

E disse:

— Que surpresa...

Ansart e ele começaram a conversar no meio da rua. Ouvíamos apenas o murmurar de suas vozes. Poderíamos nos juntar a eles. Bastariam alguns passos. Mas me parecia que, se fôssemos ao seu encontro, estaríamos adentrando uma zona perigosa. Aliás, nem Ansart nem Jacques de Bavière prestavam qualquer atenção em nós. Bruscamente, eles se afastaram de nós, passando para um outro espaço, e, agora que essa cena já se congelou para sempre, eu diria: um outro tempo.

O próprio cachorro, mesmo estando solto, ficou imobilizado ao nosso lado, como se também sentisse que havia uma fronteira invisível entre eles e nós.

Jacques de Bavière abriu uma das portas e deixou o homem entrar, para depois entrar também e se sentar ao lado dele. Ansart sentou-se no banco da frente. O sujeito que estava ao volante não tinha saído do carro, e eu não consegui distinguir os traços de seu rosto. As portas se fecharam. O carro fez uma meia-volta e avançou em direção ao Sena pela rua de Ferme.

Segui-o com os olhos até ele desaparecer na virada para o cais.

*

Perguntei a Gisèle:

— Aonde você acha que eles vão?

— Vão levá-lo até a rua Raffet...

— Mas ele disse aos amigos na mesa que voltaria rápido...

E, no entanto, eles não haviam usado de nenhuma força para fazê-lo entrar no carro. Com certeza foi Ansart, durante a conversa que tiveram na rua, quem o convenceu de acompanhá-los.

— Acho que vou avisar os dois de que não vale a pena esperarem por ele – eu disse.

— Não... não devemos nos envolver nisso...

Fiquei surpreso com o seu tom categórico e tive a impressão de que ela sabia mais coisas do que eu.

— Acha mesmo que não devemos alertá-los?

— Claro que não... eles irão desconfiar de nós... fazer perguntas...

Eu me imaginava diante deles na mesa dizendo que o amigo tinha ido embora de carro. E as perguntas viriam aos montes, cada vez mais numerosas e insistentes:

Você o viu indo embora? Com quem?

Quem encarregou vocês de dar aquele recado?

Onde essas pessoas moram?

Quem são vocês, na verdade?

E eu sem conseguir fugir dessa avalanche de questionamentos, as pernas presas ao chão, como nos sonhos ruins.

— Não devemos ficar aqui – eu lhe disse.

Eles poderiam sair a qualquer momento para ver se o amigo ainda estava ali. Seguimos pela rua de Ferme em direção ao parque. Na altura da antiga casa dos Charell, eu me perguntei o que Alain acharia de tudo aquilo que estava acontecendo.

Sentia um certo mal-estar. Um homem tinha se despedido de duas pessoas dizendo: "eu já volto". Fizeram-no entrar em um carro que tomou a direção do Sena. Eu e ela éramos não só testemunhas, mas também cúmplices daquele desaparecimento. Tudo isso tinha acontecido em uma rua de Neuilly, perto do Bois de Boulogne, região que me fazia lembrar outros domingos... Eu passeava pelas aleias do parque com meu pai e um de seus amigos, um homem muito alto, muito magro, a quem só havia sobrado, de algum período mais abastado de sua vida, um casaco de pelica e um blazer, que ele alternava conforme a estação. Eu havia notado, na época, como eram gastas as suas roupas. Nós o acompanhávamos no final do dia até um hotel de Neuilly que tinha jeito de ser uma pensão familiar. Seu quarto, dizia ele, era pequeno, mas muito confortável.

— No que você está pensando?

Ela me segurou pelo braço. Avançávamos pela aleia dos pinheiros-mansos. Por ali chegaríamos mais rapidamente ao local onde o carro estava estacionado. Mas estava muito escuro e só havia iluminação no bulevar Richard-Wallace.

Eu pensava na imagem daquele homem, no seu sorriso e no seu rosto levemente envelhecido. Depois de algum tempo era possível ver que ele na verdade combinava bem com aquele blazer ou aquele casaco de pelica puídos e que alguma energia tinha se rompido dentro dele. Quem era ele? Em que teria se transformado? Certamente tinha desaparecido, como o outro sujeito havia pouco.

*

Ela deu a partida e avançamos em direção ao jardim d'Acclimatation. Eu observava as luzes nas janelas dos prédios.

Ela parou no farol vermelho da avenida de Madrid. Franziu as sobrancelhas. Parecia sentir o mesmo mal-estar que eu.

As fachadas desfilavam com suas luzes. Era uma pena que não conhecêssemos ninguém, caso contrário poderíamos ter tocado a campainha da porta de algum daqueles apartamentos aconchegantes. Seríamos convidados a jantar na companhia de pessoas distintas e tranquilizadoras. Voltou-me à mente a frase do sujeito:

— Faça a reserva para esta noite... Seremos oito...

Teriam eles de fato feito a reserva depois de esperar em vão pelo seu retorno? Nesse caso, os sete convivas se encontrariam e aguardariam a chegada do oitavo. Mas sua cadeira ficaria vazia.

Um restaurante aberto no domingo à noite... Meu pai, o amigo dele e eu frequentávamos um, perto da Étoile. Chegávamos cedo, por volta das sete e meia. Os clientes começavam a chegar quando já tínhamos terminado o nosso jantar. Num certo domingo, entrou um grupo de pessoas muito elegantes, e eu, apesar dos meus 11 anos, fiquei impressionado com a beleza e o brilho das mulheres. Subitamente uma delas lançou um olhar direto para o amigo de meu pai. Ele vestia seu blazer puído. Ela parecia pasma por vê-lo ali, mas logo no instante seguinte seu rosto voltou a ficar frio e impassível. Foi se sentar com os conhecidos a uma mesa distante da nossa.

Ele ficou lívido. Inclinou-se na direção de meu pai e lhe disse uma frase que ficou gravada em minha memória:

— Gaëlle acaba de passar por nós... eu a reconheci imediatamente... Mas eu, eu mudei tanto desde o final da guerra...

Chegamos à porta Maillot. Ela se virou para mim.

— Aonde você quer ir?

— Não sei...

Ambos nos sentíamos desamparados. Seria o caso de ir à casa de Ansart para saber mais sobre o que ocorria? Mas nós não tínhamos de nos misturar com as questões deles. Eu bem que gostaria de não ver aquelas pessoas nunca mais e de deixar Paris o mais rápido possível.

— Deveríamos ir para Roma agora – eu disse.

— Sim, mas não temos dinheiro suficiente para isso.

Eu trazia comigo os 7.500 francos pagos por Dell'Aversano e os 4 mil francos de Ansart. Eram suficientes. Não ousei perguntar o quanto ela também trazia de dinheiro.

Repeti que me haviam prometido um emprego regular em Roma e que não teríamos mais nenhum problema. E acabei por convencê-la.

— Precisamos levar o cachorro junto – disse ela.

— Claro que sim...

Depois de alguns instantes de reflexão, ela acrescentou:

— O mais prático seria irmos com este carro mesmo. Mesmo que não os consultemos, eles não terão como nos acusar de nada...

Ela deu uma risada nervosa. De fato, eles não poderiam prestar nenhuma queixa contra nós porque naquela noite tínhamos nos tornado seus cúmplices e eles precisavam do nosso silêncio. Senti um calafrio nas costas diante desse pensamento. Eu é que havia pronunciado a frase: "Estou encarregado de lhe dar um recado da parte de Pierre Ansart. Ele aguarda por você no carro, ali na esquina". E isso diante de duas testemunhas. E ainda tinha recebido dinheiro.

Meu rosto deve ter adquirido uma expressão bastante estranha, pois ela logo envolveu meus ombros com o braço e senti também seus lábios roçarem o meu rosto.

— Não se preocupe – disse ela em meu ouvido.

— Vamos ver Grabley...? Ele estará às nove horas na Tomate...

O som da palavra "tomate" embutia uma certa indulgência tranquilizadora.

— Se você quiser...

Claro que eu não esperava nenhum apoio moral da parte de Grabley. Ele tinha um ponto em comum com meu pai: ambos usavam ternos, gravatas e sapatos como todo mundo. Falavam francês sem sotaque, fumavam cigarros, bebiam café expresso e comiam ostras. Mas quando se estava ao lado deles sempre surgia uma dúvida e você sentia necessidade de tocar neles, como quando se apalpa um tecido, para ter certeza de que eram de verdade.

— Acha que ele pode fazer alguma coisa por nós? – perguntou ela.

— Quem sabe?

Ainda era cedo para encontrá-lo. Tínhamos de esperar mais duas horas. À esquerda, bem próximo, na avenida, vi a fachada iluminada do Maillot Palace e lhe propus irmos ver o filme que passava ali: *Montana, Terra do ódio*. A recepcionista não fez nenhuma objeção à entrada do cachorro.

Assim que nos sentamos nas poltronas de veludo vermelho, meu mal-estar desapareceu.

*

A rua Notre-Dame-de-Lorette estava às escuras, com as calçadas desertas. Àquela hora, as pessoas estavam terminando de jantar, para dormir cedo. No dia seguinte, precisavam retomar a escola ou o trabalho. No topo, o luminoso da Tomate brilhava em vão, numa rua morta. Quem compareceria à sessão da noite de domingo? Um marinheiro de licença antes de pegar de volta o trem para Cherbourg na estação Saint-Lazare?

A recepcionista nos mostrou o caminho para os bastidores. Eles ficavam no subsolo. Descemos por uma escada que dava para um pequeno saguão cujas paredes eram decoradas com antigos cartazes do estabelecimento.

Grabley estava à frente de uma das portas que davam para os camarins, com terno xadrez e uma gravata de camurça. Parecia preocupado.

— Que bela surpresa... muita gentileza de vocês virem aqui...

Confidenciou-nos, porém, que Sylvette estava de péssimo humor e que se trocava, naquele instante, no camarim. Tínhamos feito muito bem em comparecer naquele horário, pois a sessão das dez e meia fora suspensa. Ele sugeriu que nos acomodássemos no salão. Respondi que preferíamos aguardar ali mesmo, junto com ele. De toda forma, não permitiriam a entrada do cão.

— É uma pena para vocês.

Estava visivelmente ressentido com a nossa falta de entusiasmo em relação ao espetáculo.

A porta do camarim se abriu e Sylvette apareceu. Vestia uma pele de lobo preta e um corpete de leopardo. Cumprimentou-nos secamente. Em seguida, virando-se para Grabley, disse que ele não era obrigado a aguardá-la ali nos bastidores. Ela sentia vergonha de participar daquele tipo de espetáculo, e pior ainda era ter alguém a acompanhá-la no camarim. O tom subiu. Qualquer homem sensível compreenderia como é humilhante para uma dançarina ter de se aviltar daquele modo, mas é preciso ganhar a vida por conta própria quando não há ninguém para ajudar. Depois disso, criticou-o por ter nos convidado. Afinal, ela ainda não tinha se transformado em um animal de circo ou daqueles que vamos ver aos domingos no zoológico. Grabley baixou a cabeça. Ela nos deixou parados ali, se dirigiu à escada e começou a subi-la com seus saltos altos, e o seu andar meio desengonçado logo me evocou algo: sim, aquela menina nua com os cabelos arranjados num rabo de cavalo que aparecia numa das revistas do escritório era ela.

Grabley a seguiu com os olhos até que ela desaparecesse. Soaram os primeiros compassos de uma música mexicana com trompetes. Ela tinha certamente acabado de adentrar o palco.

— Ela é muito difícil, muito difícil... – disse ele.

Gisèle e eu trocamos olhares, com dificuldade para conter o riso. Felizmente ele não estava prestando atenção em nós. Olhava para o alto da escada, embasbacado, como se ela tivesse desaparecido para sempre.

Passados alguns instantes, ficamos em dúvida se deveríamos ir embora ou não. E eu já não sentia vontade de rir. Seria por causa da luz amarela do saguão, dos velhos cartazes nas paredes indicando que aquele estabelecimento havia sido em algum momento um teatro de cancionistas, dos trompetes mexicanos e daquele homem vestido com um terno xadrez e gravata de camurça que fora maltratado? Pairava sobre nós uma tristeza difusa.

Mais uma vez pensei em meu pai. Imaginei-o na mesma situação, com seu sobretudo azul-marinho, aguardando atrás da porta do camarim de um local semelhante àquele: um "Kit Cat" ou um "Carrousel" em Genebra ou em Lausanne. Lembrei-me do último Natal que havíamos passado juntos. Eu tinha 15 anos. Ele foi me pegar numa escola da Haute-Savoie onde eu não podia ficar durante as férias.

Em Genebra, aguardava-o uma mulher vinte anos mais nova do que ele, uma italiana de cabelo cor de palha, e nós três tomamos o avião para Roma. Dessa estadia resta uma foto que encontrei no fundo de uma mala cheia de papéis trinta anos depois. Ela congela para sempre a imagem de uma festa de réveillon em uma casa noturna próxima da via Veneto, para onde a italiana nos levara depois de uma verdadeira cena que ela fizera a meu pai: os gritos puderam ser ouvidos do corredor do hotel.

Estamos sentados diante de um balde de champanhe. Alguns casais dançam atrás de nós. Em torno da mesa, um homem de cabelos escuros penteados para trás. Em seu rosto, uma expressão de alegria forçada. Ao seu lado, uma mulher com seus 30 anos, o rosto com uma camada espessa de pó de arroz, cabelos cor de palha muito crespos e presos num coque. E um adolescente trajando um smoking alugado grande demais para ele e com aquele olhar vago das crianças quando em má companhia, já que não têm nada a dizer e ainda não podem levar a sua própria vida. Se eu queria voltar a Roma, era para conjurar esse passado.

— Vamos embora? – perguntou-me Gisèle.

O cachorro estava agitado. Tinha subido a escada e depois descido novamente, alojando-se aos pés dos degraus ao perceber que não o tínhamos seguido.

Grabley saiu bruscamente de sua prostração:

— Não vão embora não, hein! Sylvette vai ficar muito decepcionada... E será mais dura ainda...

Mas eu não estava com pena dele. Fazia-me lembrar meu pai, os cabelos cor de palha daquela mulher e aquela noite de réveillon. Agora eu era livre para ir aonde quisesse.

— Não podemos ficar, meu velho – eu disse. — Tenho de levar Gisèle para Saint-Leu-la-Forêt.

— Não querem mesmo jantar conosco?

Ele tinha no rosto a mesma inquietação que meu pai quando estávamos novamente na calçada da via Veneto. À nossa frente, um grupo de brincalhões soprava línguas de sogra. A mulher de cabelo cor de palha parecia de mau humor. De repente, começou a andar a passos largos e depois a correr, como se quisesse se livrar de nós. Meu pai me disse:

— Rápido... vá atrás dela... seja gentil com ela... diga que gostamos muito dela... que precisamos dela... dê-lhe isso aqui...

E me passou um pequeno pacote embrulhado com um papel prateado.

Eu corri. Era muito jovem na época. E agora sentia uma espécie de tristeza misturada com indiferença em relação a esse passado ainda recente. Nada disso tinha nenhuma importância agora. Nem meu pai, nem Grabley, nem aquele sujeito que tinham feito entrar no carro poucas horas antes. Eles todos que se danassem.

*

Na calçada, eu me sentia leve, liberto de tudo. Queria que ela compartilhasse comigo esse estado de espírito. Pus meu braço sobre os ombros dela e caminhamos em direção ao carro.

O cachorro ia à nossa frente. Propus que partíssemos diretamente dali para Roma. Mas ela tinha deixado o dinheiro em uma das malas.

Bastava passarmos no cais Conti e pôr a bagagem no porta-malas do carro.

— Se você quiser – disse ela.

Assim como eu, ela também voltara a ficar tranquila.

Um pensamento, porém, me deixou novamente preocupado. Eu era menor de idade e precisava conseguir um formulário de autorização para viajar ao exterior, ao pé do qual eu imitaria a assinatura de meu pai. Não ousei confessar isso a ela.

— Não podemos partir esta noite – eu disse. — Preciso primeiro pegar todas as informações com o italiano.

*

O teatro, na rua Fontaine, estava fechado. Apenas algumas luzes mais para o alto. Depois de circular pelas ruas do bairro ao acaso, paramos na frente do Gavarny.

Jantamos ali. Inicialmente fiquei com medo que Grabley e Sylvette aparecessem, mas raciocinei que eles preferiam lugares mais agitados.

Éramos os únicos clientes. Reconheci o homem de paletó branco que nos atendera nas poucas vezes que eu jantara ali com minha mãe no domingo à noite depois do teatro.

Quando entramos, ele fazia palavras cruzadas sentado a uma mesa. Eu me perguntei se a música provinha de algum alto-falante do fundo do saguão ou de algum aparelho de rádio: uma música com uma sonoridade lunar de címbalo.

O cachorro se deitou aos meus pés. Acariciei-o para me certificar mesmo de sua presença. Eu me sentava de frente para ela. Não desviava o meu olhar do dela. Passei a mão pelo seu rosto. Mais uma vez temia que ela desaparecesse.

A partir daquela noite, estávamos isolados de tudo. Nada mais era real à nossa volta. Nem Grabley, nem meu pai, perdido na Suíça, nem minha mãe, em algum canto do sul da Espanha, nem as pessoas com as quais eu tinha cruzado sem nada saber a respeito delas: Ansart, Jacques de Bavière... O próprio saguão do restaurante parecia destituído de qualquer traço de realidade, como um desses lugares que frequentáramos havia muito tempo e que revisitamos agora em sonho.

À saída do Gavarny, minha mãe e eu pegávamos o ônibus 67 na praça Pigalle, e ele nos deixava no cais do Louvre. Isso fazia três anos, e já era uma outra vida... Somente o homem de paletó branco continuava no mesmo lugar. Senti vontade de falar com ele. Mas o que ele teria para me dizer?

— Me belisque para ver se não estou sonhando...

Ela me beliscou no rosto.

— Mais forte.

Ela riu. E sua risada ressoou pelo saguão deserto. Perguntei se ela também tinha essa sensação de estar sonhando.

— Sim, às vezes.

O homem de paletó branco voltou a mergulhar nas palavras cruzadas. A partir daquela hora mais nenhum cliente entraria ali.

Ela pegou minha mão e me olhou com seus olhos azul-claros, sorrindo.

Ela levantou a mão e beliscou meu rosto com mais força do que das outras vezes.

— Acorde...

O homem levantou-se e foi ligar um rádio atrás do balcão. Uma vinheta musical e em seguida a voz de um locutor lendo um boletim noticioso. Eu ouvia apenas o timbre dessa voz, como um ruído de fundo.

— Então, está acordado agora?

— Não sei – respondi. — Prefiro continuar na incerteza.

Nas noites de domingo, no dormitório da escola, depois da volta das férias, o vigia apagava a luz às quinze para as nove e o sono chegava aos pouquinhos. Eu acordava sobressaltado, durante a noite, sem saber onde estava. A lamparina que banhava a fileira de leitos com uma luz azulada me trazia brutalmente de volta à realidade. Desde então, toda vez que sonhava eu procurava retardar ao máximo, dentro do sonho, a hora de despertar, com medo de me ver dentro de um dormitório. Tentei lhe explicar isso.

— Comigo isso também acontece com frequência – disse ela. — Tenho medo de acordar na prisão...

Perguntei: por que na prisão? Mas ela pareceu incomodada e acabou respondendo:

— É assim que acontece...

Na rua, hesitei. A perspectiva de voltar para o cais Conti não me parecia nada atraente. Preferia que estivéssemos em um lugar que não remetesse a nada do passado. Mas ela disse que isso não tinha nenhuma importância desde que estivéssemos juntos.

Descemos a rua Blanche. Mais uma vez tive a sensação de estar sonhando. E era um sonho no qual eu tinha uma sensação de euforia. O carro avança sem que eu ouça o barulho do motor, como se descêssemos a ladeira em ponto morto.

Diante de nós, a avenida da Opéra, suas luzes e sua calçada deserta. Ela se vira para mim:

— Podemos partir amanhã, se você quiser.

Sinto pela primeira vez que os obstáculos e as amarras que me seguravam até então foram rompidos. Talvez seja uma ilusão que se esvairá na manhã seguinte. Abaixo o vidro da janela e o ar frio faz minha euforia aumentar ainda mais. Em torno das luzes que brilham ao longo da avenida não há nenhum halo, nenhuma neblina.

Pegamos a ponte do Carrousel e, em minha lembrança, seguimos pelo cais à esquerda, sem ligar para a contramão, passamos pela ponte des Arts em velocidade reduzida, sem que nenhum carro aparecesse no outro sentido.

Grabley ainda não chegou. Atravessamos o vestíbulo, e o apartamento se separa do passado. Como se eu entrasse ali pela primeira vez. É ela quem me conduz. Ela sobe à minha frente a pequena escada que leva ao quinto andar. No quarto, não acendemos a luz.

Os postes do cais projetam suas luzes no teto, com raios tão claros como aqueles que atravessam as persianas no verão. Ela se deita na cama com sua saia e seu pulôver pretos.

Quando deixamos o apartamento, na manhã seguinte, Grabley ainda não tinha retornado. Decidimos devolver o carro para Ansart e nunca mais vê-los, ele e Jacques de Bavière. Esperávamos partir para Roma o mais rápido possível.

Tentamos falar com eles por telefone, mas ninguém atendeu na casa de Ansart, tampouco na suposta casa de Jacques de Bavière. Dane-se. Estávamos dispostos a abandonar o carro na rua Raffet.

Era um dia ensolarado de outono, como na véspera. Eu experimentava uma sensação de leveza e bem-estar diante da perspectiva de nossa partida. Abandonaria apenas coisas das quais já começara a me afastar: Grabley, o apartamento vazio... Precisava encontrar a autorização de viagem usada no ano anterior para uma viagem à Bélgica, na qual falsificaria apenas a data e o destino. Em Roma, teria a oportunidade de escapar das burocracias francesas e de minhas obrigações militares.

Ela disse que não tinha nenhum problema para deixar a França. Tentei saber algo mais sobre aquele marido de que ela havia falado.

Fazia muito tempo que não o via – quase três meses

já. Tinha se casado sem pensar muito. Mas quem ele era, na verdade?

Fitou-me bem nos olhos e, com um sorriso constrangido, disse:

— Oh, um sujeito esquisito... Ele cuida de um circo...

Perguntei-me se ela estava brincando ou falando sério. Ela parecia tentar captar minha reação.

— Um circo?

— Sim, um circo...

Ele tinha partido para uma turnê com o circo, mas ela não teve vontade de acompanhá-lo.

— Me incomoda falar dessas coisas...

E um silêncio se estabeleceu entre nós até chegarmos diante do prédio da rua Raffet.

Tocamos a campainha do apartamento. Ninguém respondeu.

— Talvez eles estejam no restaurante – disse Gisèle.

Uma mulher nos observava da entrada do pátio. E avançou em nossa direção.

— Procuram alguém?

Seu tom era seco, como se desconfiasse de nós.

— O sr. Ansart – disse Gisèle.

— O sr. Ansart saiu bem cedo hoje de manhã. Deixou comigo as chaves do apartamento. Ficará fora pelo menos três meses.

Era, portanto, a zeladora.

— Ele não disse para onde ia? – perguntou Gisèle.

— Não.

— Não temos como escrever para ele?

— Ele disse que me mandaria alguma mensagem informando seu novo endereço. Se quiserem lhe escrever, podem deixar a carta comigo.

Seu tom tinha se suavizado um pouco. Seguia-nos com os olhos enquanto atravessávamos o pátio com o cachorro. Parecia ver como natural a partida do "sr. Ansart". Acabaria por levantar algumas questões em relação àquele homem que parecia tão amável e bem-educado. Depois, seria, ela mesma, questionada a respeito dele, talvez no mesmo local onde eu e Gisèle tínhamos sido interrogados. Pediriam que lhes desse o máximo de detalhes sobre Ansart e as visitas que ele recebia. E ela se recordaria que no dia seguinte ao desaparecimento dele, um jovem e uma jovem, com um cachorro, tinham tocado a campainha do seu apartamento.

— O que fazemos com o carro? – perguntei a Gisèle.

— Vamos ficar com ele.

Abriu o porta-luvas e pegou o documento do carro. Ele estava no nome de Pierre Louis Ansart, nascido em 22 de janeiro de 1921, no 10º distrito de Paris, com residência no número 14 da rua Raffet, no 16º distrito.

Passamos pelo Bois de Boulogne, seguindo o mesmo trajeto que havíamos feito no sábado para almoçar no restaurante de Ansart. Eu estava com o documento do carro na mão. Pegamos a rua Belles-Feuilles. O restaurante estava fechado. Em sua fachada haviam instalado alguns painéis de madeira pintados com uma cor verde já bem desgastada, que certamente datavam da época em que o Belles Feuilles era, como dissera Ansart, um café-carvão.

Agora ela parecia preocupada. Devia haver uma ligação entre o desaparecimento súbito de Ansart e o que acontecera em Neuilly na véspera, quando fomos bem mais do que meras testemunhas.

— Você acha que Jacques de Bavière também foi embora? – perguntei.

Ela deu de ombros. Vieram-me à lembrança o rosto de Martine e a maneira como ela nos saudou com o braço enquanto atravessávamos o pátio do prédio naquela outra noite.

— E Martine? Será que não conseguimos encontrar com ela em algum lugar?

Tudo o que ela sabia sobre Martine era que vivia com Ansart havia vários anos, nada mais. Lembrava-se apenas do nome dela: Martine Gaul.

Entramos em um café da rua Spontini e pedimos dois sanduíches e dois sucos de laranja. Ela tirou da bolsa uma pequena agenda e me pediu que telefonasse para a rua Washington para saber se Jacques de Bavière ainda estava lá.

— Alô... quem está falando?

Uma mulher com voz grave. Seria a mesma que nos recebera na noite de sábado?

— Gostaria de falar com Jacques de Bavière...

— Quem está falando?

O tom de voz era seco, de quem está em alerta.

— Somos amigos de Jacques. Estivemos aí no sábado à noite...

— Jacques foi para a Bélgica.

— Ficará lá muito tempo?

— Não sei dizer.

— O sr. Ansart foi junto com ele?

Houve um momento de silêncio. Cheguei a achar que a linha tinha caído.

— Não conheço esse senhor. Desculpe, mas tenho que desligar.

Ela desligou.

Então os dois tinham viajado. Certamente com Martine também. Para a Bélgica ou algum outro lugar. Como checar isso?

— Tem certeza de que ele se chama Bavière mesmo? – perguntei a Gisèle.

— Sim. De Bavière.

Para que isso poderia servir? Ele certamente não

constava na lista telefônica nem no Gotha[3], como esse nome sugeria.

Ela disse que queria ir a um outro lugar onde poderíamos ter alguma possibilidade de ter notícias sobre Ansart. Avançamos pelos grandes bulevares. Não me deu nenhuma explicação. Quando chegamos à praça da République, pegamos o bulevar do Temple e paramos em uma rua paralela, que fica em um nível levemente abaixo dele. Diante de nós estava o Cirque d'Hiver.

Ela me mostrou um café um pouco mais adiante, na mesma rua, a uns 50 metros dali.

— Vá lá e peça notícias sobre Ansart para o sujeito que trabalha atrás do balcão...

Por que ela não ia comigo?

Avancei pela rua e virei para ver se ela continuava ali. Considerei a possibilidade de que ela desaparecesse, como os demais, assim que eu entrasse no café.

O café não tinha nome, mas apenas a marca de uma cerveja belga na fachada. Entrei. Ao fundo do pequeno salão, havia algumas mesas com clientes almoçando.

Atrás do balcão, um homem alto, cabelos escuros, com o nariz um pouco esmagado e de terno azul-marinho, falava ao telefone. Aguardei. Um garçom com uniforme grená veio até mim.

— Uma Vittel[4] pequena.

O telefonema se prolongava. O homem ouvia seu interlocutor e respondia de tempos em tempos dizendo um "sim... sim... tudo bem... " ou com um breve murmúrio de assentimento. Tinha prendido o fone entre o ombro e o rosto para acender um cigarro e seu olhar de

3 Almanaque genealógico.
4 Marca de água mineral.

repente se voltou para mim, mas eu não sabia se ele estava de fato me vendo. Desligou.

Perguntei-lhe com uma voz contida:

— Tem alguma notícia do sr. Ansart?

Ele sorriu. Mas senti que era um sorriso apenas de fachada e que ele impunha claramente uma distância entre nós.

— Você conhece o sr. Ansart?

A voz tinha um timbre juvenil que me fez lembrar o do ator Jean Marais. Passou para o lado de fora do balcão, onde eu estava, e se apoiou nele junto a mim:

— Sim, eu o conheço. E conheço também Martine Gaul.

Por que acrescentei esse detalhe? Para ganhar a confiança dele?

— Passei hoje de manhã na rua Raffet e eles não estavam mais lá.

Ele me observava com um olhar generoso e ainda sorrindo. O corte elegante de seu terno e sua voz destoavam do ambiente do café. Seria ele realmente o dono ali?

— Eles viajaram, mas com certeza irão voltar. É só isso que eu posso lhe dizer.

Seu sorriso se ampliou e seu olhar me fez entender que ele, com efeito, não me diria mais nada.

Eu me preparava para pagar a conta da Vittel, mas ele fez um sinal com o braço.

— Não... deixe comigo...

Ele mesmo abriu-me a porta da saída e fez um rápido movimento de despedida com a cabeça, sempre sorrindo.

No carro, Gisèle perguntou:

— O que ele disse?

Ela devia conhecer esse sujeito que sorria de modo permanente. Provavelmente já o tinha encontrado junto com Ansart e Jacques de Bavière.

— Disse que eles certamente irão voltar, mas não parecia querer me dar mais detalhes.

— Isso não tem a menor importância. De todo modo, nós não os veremos mais. Estaremos em Roma.

Avançamos pelo bulevar até a praça da Bastille. Não estávamos longe da loja de Dell'Aversano. Propus a Gisèle que passássemos ali para nos atualizarmos em relação à nossa viagem.

— Você já foi alguma vez nesse café onde eu estive agora? – perguntei.

— Sim, várias vezes.

Ela hesitou e depois disse, meio a contragosto:

— Foi quando meu marido trabalhava no Cirque d'Hiver.

Ficou calada. Pensei no sujeito vestido de azul-marinho. Seu sorriso me tocara, e dele me recordaria dez anos depois, quando passei por acaso, certa tarde, perto do Cirque d'Hiver. Não consegui deixar de entrar naquele café. Foi em torno de 1973.

Ele estava atrás do balcão, não tão elegante como da primeira vez, os traços do rosto mais marcados, cabelos grisalhos. Na parede havia várias fotografias, algumas com dedicatórias, de artistas do Cirque d'Hiver, que eram frequentadores do local.

Uma das fotos, maior que as outras, chamou minha atenção. Via-se nela um grupo de pessoas na frente do balcão em torno de uma mulher loira que trajava um uniforme de equitação. E entre essas pessoas eu reconheci Gisèle.

Como da primeira vez, pedi uma Vittel pequena.

Naquela hora vazia da tarde, havia apenas nós dois, ele e eu. Perguntei-lhe bruscamente:

— O senhor conheceu essa moça?

Passei para o lado dele do balcão para mostrar Gisèle na foto. Ele não mostrou nenhuma surpresa com meu gesto.

Inclinou-se na direção da foto.

— Ah sim, eu a conheci... Era muito jovem... Passava as noites aqui... Seu marido trabalhava no circo... Ela esperava por ele aqui... Parecia estar sempre entediada... Isso deve fazer uns dez anos...

— O que o marido dela fazia?

— Acho que fazia parte do pessoal do circo. Era mais velho do que ela.

Senti que ele responderia a todas as perguntas que eu fizesse. Eu ainda era jovem nessa época e tinha uma aparência tímida e bem-educada. Ele, por sua vez, queria provavelmente conversar com alguém para atravessar aquela zona árida que são os começos de tarde do verão.

Parecia-me mais acessível do que dez anos antes. Perdera o seu ar misterioso, ou melhor, o ar misterioso que eu lhe atribuíra da primeira vez. O homem esbelto de terno azul-marinho não passava, agora, do dono de um café da rua Amelot, quase um mero vendedor de carvão.

— O senhor chegou a conhecer um certo Pierre Ansart?

Ele me dirigiu um olhar de surpresa, e eu vi novamente no seu rosto aquele mesmo sorriso de fachada da outra vez.

— Por quê? Você conheceu Pierre?

— Fui apresentado a ele, dez anos atrás, por essa moça.

Ele franziu as sobrancelhas.

— Essa moça da foto?... Pierre deve tê-la conhecido aqui... Ele costumava me visitar aqui...

— E um homem mais jovem, que se chamava Jacques de Bavière... Esse nome lhe diz alguma coisa?

— Não.

— Era um amigo de Ansart.

— Eu não cheguei a conhecer todos os amigos de Pierre...

— Não sabe o que aconteceu com ele?

De novo o sorriso.

— Pierre? Não. Sei apenas que não mora mais em Paris.

Fiquei em silêncio. Aguardei que ele me dissesse a frase que havia dito da primeira vez: eles partiram, mas certamente voltarão.

Pela porta entreaberta, o sol desenhava manchas claras nas paredes e nas mesas vazias mais ao fundo.

— Você era muito amigo de Ansart?

Seu olhar e seu sorriso formaram uma expressão de ironia.

— Nós nos conhecemos em 1943. E no mesmo ano fomos mandados para a cadeia de Poissy... Como você vê, é coisa antiga...

Permaneci em silêncio. Ele acrescentou:

— Mas não leve para o lado ruim... Todo mundo pode cometer erros na juventude...

Senti vontade de lhe contar que eu estivera ali dez anos antes para lhe pedir notícias de Ansart, mas que ele não quis me dizer nada. Naquele tempo, ainda havia segredos a preservar.

Mas agora tudo isso era passado e já perdera qualquer importância.

— E você continua a ver a moça?

Fiquei tão surpreso com essa pergunta que balbuciei uma resposta vaga. Depois, sozinho no bulevar, caí estupidamente num choro compulsivo.

Chegamos ao Sena e seguimos pelo cais dos Célestins. Ao mexer no bolso para pegar o maço de cigarros, vi que tinha guardado ali também o documento do carro de Ansart.

— Acha que podemos contar realmente com esse sujeito que vamos ver agora? – perguntou Gisèle.

— Sim. Acho que ele gosta muito de mim.

Com efeito, hoje, quando penso nisso, avalio melhor a gentileza com que Dell'Aversano me tratava. Ele se sensibilizara pela minha situação familiar, se é que se pode utilizar esse termo quando se trata de pais que negligenciaram completamente o filho. Na primeira visita que lhe fiz, ele perguntou sobre os meus estudos e me aconselhou a não parar com eles, considerando provavelmente que um adolescente jogado à própria sorte corria o risco de se dar mal. Para ele, eu merecia mais do que ficar vendendo móveis às escondidas para os comerciantes de quinquilharias da região de Saint-Paul. Eu lhe contei, então, que meu sonho era escrever, deixando-o positivamente impressionado ao dizer que meu livro de cabeceira era uma antologia de cartas de Stendhal intitulada *Às almas sensíveis*.

Ele estava sentado à mesa de trabalho, no fundo da loja. Observou surpreso a presença de Gisèle e do cachorro.

Apresentei-lhe Gisèle como sendo minha irmã.

— Já estou com todas as informações de que você precisa – disse ele.

Meu trabalho em Roma para o seu amigo livreiro só poderia ter início dali a dois meses.

— Vocês prefeririam ir para lá desde já?

Não ousei lhe dizer que tínhamos um carro, pois nesse caso teria de lhe mostrar o documento de Ansart e explicar toda a história. Talvez em algum outro momento... Mas admiti que queria viajar logo, com Gisèle. Será que acreditou, de fato, que ela era minha irmã? Não captei no seu rosto nenhum sinal de reprovação. Ele apenas se voltou para ela:

— Você está disposta a encontrar trabalho em Roma?

Perguntou sua idade. Ela respondeu 21 anos. Ele sabia a minha idade, e eu, temeroso, torci apertando as unhas nas palmas das mãos para que ele não a mencionasse na frente dela.

— Já sei até o endereço onde você ficará lá... Se quiser, posso pedir a meu amigo que o receba antes do previsto...

Agradeci. Será que minha irmã poderia morar comigo no mesmo lugar?

Ele nos olhou com atenção. Percebi que buscava identificar alguma semelhança física entre nós, sem encontrá-la.

— Depende – disse ele. — Sua irmã sabe datilografar?

— Sim – disse Gisèle.

Eu tinha certeza de que ela estava mentindo. Não conseguia imaginá-la na frente de uma máquina de escrever...

— Meu amigo vai precisar de uma pessoa que escreva à máquina em francês... Vou telefonar para ele hoje à noite para pedir mais detalhes.

Levantou-se e nos convidou a tomar um café. Passamos na frente do carro, mas eu não disse nada, e Gisèle foi cúmplice do meu silêncio. No dia seguinte, sem falta, eu lhe contaria o que nos havia acontecido. Não tinha o direito de esconder nada daquele homem que se mostrava tão benevolente conosco.

Ele me perguntou quanto tempo eu ainda poderia ficar no apartamento do cais Conti.

— No máximo três semanas...

Ele não conseguia entender como um pai e uma mãe podiam ter deixado no total abandono um rapaz apaixonado por literatura e cujo livro de cabeceira se chamava *Às almas sensíveis*. E o que mais o espantava era que a atitude de meus pais me parecia totalmente natural e que nem sequer me ocorrera a ideia de esperar alguma ajuda da parte deles.

— Você precisa estar instalado em Roma em até três semanas e que sua irmã more com você...

Pela maneira como pronunciou as palavras "sua irmã", percebi claramente que ele não se deixara enganar.

— Sua irmã gosta tanto de literatura como você?

Gisèle pareceu incomodada. Jamais havíamos falado sobre literatura entre nós desde que nos conhecemos.

— Estou tentando fazê-la ler *Às almas sensíveis* – respondi.

— E você está gostando? – perguntou Dell'Aversano.

— Muito.

Ela sorriu de modo charmoso para ele. Fazia sol e o ar estava agradável para a estação. Sentamo-nos à única mesa vazia no terraço do café. O sino da igreja de Saint-Gervais tocou o meio-dia.

— Você conhece o lugar onde ficaremos em Roma? – perguntei.

Dell'Aversano tirou um envelope do bolso interno do paletó.

— Fica no número 7 da via Frescobaldi.

Virou-se para Gisèle:

— Você conhece Roma?

— Não – disse Gisèle.

— Mas então você não estava com seu irmão no réveillon que ele passou lá quando tinha 15 anos?

Ele sorriu para ela, que lhe devolveu o sorriso.

— Em qual bairro fica a via Frescobaldi? – perguntei.

— Vou lhe mostrar.

Com uma esferográfica, ele desenhou dois traços paralelos no papel do envelope.

— Aqui é a via Veneto... Você já conhece a via Veneto...

Eu tinha lhe contado sobre aquela vez que, por ordem de meu pai, saí correndo tentando alcançar aquela mulher de cabelo cor de palha e maquiagem espessa no rosto que começara a correr de repente à nossa frente.

— Você segue pela via Pinciana ladeando os jardins da Villa Borghese...

Continuava a desenhar linhas no envelope, indicando-nos o caminho com a ponta de sua caneta.

— Vira à esquerda ainda ladeando a Villa Borghese, e aí você cai na via Frescobaldi... é aqui...

Desenhou uma cruz.

— A vantagem desse bairro é que você está cercado de verde... a rua é muito próxima do jardim zoológico...

Nenhum de nós dois conseguia tirar os olhos do mapa que ele acabara de desenhar. Eu caminhava com Gisèle, no verão, à sombra das árvores da via Frescobaldi.

No cais Conti, Grabley havia deixado um bilhete no sofá do escritório:

> Meu caro Obligado,
>
> Telefonaram para você por volta das 14h. Um homem que se dizia da polícia. Deixou o nome: Samson, e um número onde você pode falar com ele: TURBIGO 92-00.
>
> Espero que você nada tenha a se recriminar.
>
> A noite de ontem terminou melhor do que eu previa, e sentimos muito a ausência de vocês. Não querem nos encontrar de novo essa noite, na Tomate, para a sessão das 22h30?
>
> Do seu Grabley

Perguntei a Gisèle se ela achava que eu devia ligar logo para saber de vez o que aquele homem queria. Mas decidimos esperar que ele ligasse novamente.

Passamos a tarde na expectativa, procurando controlar nosso nervosismo. Eu havia amassado e depois rasgado o bilhete de Grabley no qual ele escrevera: "espero que você nada tenha a se recriminar".

— Acha que eles sabem o que nós fizemos ontem à tarde?

Gisèle deu de ombros e sorriu. Parecia mais calma do que eu. Estendemos no chão o mapa de Roma buscando nos familiarizar com o bairro, vendo os nomes das ruas, dos monumentos e das igrejas que ficavam perto do nosso futuro endereço: Porta Pinciana, Basílica de Santa Teresa, Templo de Esculápio, Museo Coloniale... Ninguém poderia nos encontrar ali.

No final do dia, estávamos deitados no sofá. Ela se levantou e vestiu a saia e o pulôver pretos.

— Vou comprar cigarro.

Preferia que eu ficasse ali para atender o telefone. Pedi-lhe que comprasse um jornal vespertino.

Olhei pela janela. Ela não pegou o carro. Caminhava de um jeito indolente, com as mãos enfiadas nos bolsos da capa desabotoada.

Desapareceu na esquina do prédio da Monnaie.

Deitei-me novamente no sofá. Passei um tempo tentando lembrar dos móveis que havia antes no escritório.

O telefone tocou. Uma voz abafada, um pouco arrastada.

— Estou lhe telefonando da parte do senhor Samson, que lhe pediu algumas informações na última quinta-feira. Uma moça foi chamada logo depois de você... e vocês se encontraram mais tarde no café Soleil-d'Or...

Ele fez uma pausa. Mas eu não disse nada. Sentia-me incapaz de pronunciar qualquer palavra.

— Vocês passaram os últimos quatro dias juntos e ela mora na sua casa... Gostaria de lhe fazer um alerta...

O escritório estava agora na semiescuridão e ele continuava a falar com sua voz abafada.

— Você ignora muitas coisas sobre essa pessoa... Suponho que ela lhe deu até mesmo um nome falso... Ela se chama Suzanne Kraay...

Ele soletrou o sobrenome de uma forma mecânica:

K.R.A.A.Y. Tive a sensação de escutar uma voz que havia sido antes gravada em algum disco, como naqueles serviços para os quais discamos a fim de saber a hora.

— Ela já cometeu pequenos crimes que lhe valeram vários meses na prisão da Petite-Roquette... Mas imagino que ela não lhe contou nada disso... Certamente também escondeu de você que é casada...

— Disso eu sei – respondi, tentando falar de um modo ríspido.

Houve um silêncio.

— Você certamente não sabe de tudo.

— Isso tudo não me interessa – eu disse.

— Mas a mim interessa sim, e não esqueça que você é menor de idade...

Mais uma vez sua voz soava abafada, distante.

— E está correndo grandes riscos...

Ouvi um som de estática, como se meu interlocutor estivesse no outro lado do mundo. O ruído logo cessou e sua voz voltou a soar já mais próxima e clara.

— Gostaria de encontrá-lo para podermos esclarecer as coisas. É de seu interesse. Você precisa saber a que está se expondo, já que é menor de idade... Podemos nos encontrar?

Ele emitiu essa última frase com aquela tonalidade ao mesmo tempo meiga e autoritária utilizada pelos bedéis nas escolas.

— Sim, vamos – respondi.

— Esta noite mesmo, às dez horas, bem perto da sua casa, no café que fica em frente à colunata do Louvre... dá para vê-lo daí da sua janela... Espero por você sem falta às dez horas... Eu me chamo Guélin.

Soletrou seu nome, depois desligou.

Desliguei também. Antes que se apresentasse, a sua voz me fizera lembrar um homem com quem eu cruzava nos sábados à tarde quando ia ao jardim de Luxembourg ou ao cinema Danton. Ele usava um sobretudo cinza e saía sempre de uma academia de ginástica. Um loiro com cerca de 40 anos, cabelos muito curtos e as faces bastante cavadas. Certa tarde, ele falou comigo num daqueles cafés tristes do Carrefour de l'Odéon. Era escritor e jornalista. Eu lhe disse que também queria ser escritor quando crescesse. E ele então sorriu de modo desdenhoso:

— Dá muito trabalho, sabe... Muito trabalho... Você não vai conseguir...

E me deu o exemplo de um jovem e célebre bailarino que ele admirava e que "praticava na barra 24 horas por dia".

— Escrever é isso, entende... 24 horas por dia de exercícios... duvido que você tenha essa força de vontade... Não vale nem mesmo a pena tentar.

Ele quase me convenceu disso.

— Eu poderia lhe mostrar como escrevo...

Combinou um encontro comigo em sua casa, na rua de Dragon. Dois cômodos de paredes brancas pintadas com cal, vigas de madeira escura, uma escrivaninha rústica da mesma cor e cadeiras bastante retas com espaldares altos. Trajava o mesmo sobretudo. Deu-me de presente um livro com dedicatória cujo título esqueci. Para minha grande surpresa, aconselhou-me a ler *Les Jeunes filles*, de Montherlant. Depois, quis me deixar em minha casa com seu carro, um Dauphine Gordini. Nos meses seguintes, vi da minha janela, à noite, esse mesmo carro azul com faixas brancas estacionar na frente do meu prédio. E sentia medo.

Olhei embaixo para ver se por acaso ele não estava ali agora.

Não. Silêncio. Anoitecera. Eu preferia o reflexo das luzes dos postes nas paredes à luz abafada da lâmpada que pendia do teto. Mais uma vez, temi que Gisèle não voltasse. A voz que eu escutara ao telefone fizera crescer ainda mais minha sensação de solidão e abandono. Ela combinava à perfeição com aquele escritório cuja distribuição dos móveis eu tinha muita dificuldade de rememorar.

A Petite-Roquette... Eu cheguei a passear um dia pela rua de mesmo nome e passei na frente do edifício da prisão. Frequentemente, em meus sonhos, a rua da Roquette desemboca em uma praça como as que existem em Roma, no centro da qual se ergue uma fonte. É sempre verão. A praça está deserta e sufocada pelo sol. Só o murmúrio da água da fonte interrompe o silêncio. E eu fico parado ali, à sombra, esperando Gisèle sair da prisão.

A porta de entrada bateu: reconheci seus passos. Ela estava ali, à minha frente, com sua capa desabotoada. Ela acendeu a luz e disse que eu estava com uma cara estranha.

— O sujeito ligou.

— E aí?

Contei-lhe que era uma pessoa que queria informações sobre meu pai e que tínhamos marcado um encontro naquela mesma noite, às dez horas, no café que ficava em frente, do outro lado do Sena.

— Não vai demorar muito.

Segurei seu rosto entre minhas mãos e a beijei. Pouco importava se ela chamava Gisèle ou Suzanne Kraay e que tivesse passado uma temporada na prisão da Petite-Roquette. Se a tivesse conhecido naquela época, não perderia uma única oportunidade de visitá-la no parlatório. E, mesmo que ela tivesse cometido um crime, isso não fazia diferença, pois ela agora estava ali, viva, com seu corpo apertado contra o meu, com sua saia e seu pulôver pretos.

— Você não tem medo de que ele venha nos atrapalhar? – perguntou-me ao pé do ouvido.

Inicialmente achei que ela se referia ao sujeito que tinha telefonado. Mas estava falando de Grabley, na verdade.

— Não. Ele está na Tomate…

De toda forma, colocamos o sofá bloqueando a porta do escritório.

Via pela janela a luz do café brilhar do outro lado do Sena, na esquina com o cais. Teria o homem já chegado lá? Eu bem que gostaria de ter um binóculo bem potente para poder observá-lo à distância. Ele também, sentado no café, podia verificar se havia alguma luz acesa nas janelas do apartamento. E essa ideia gerou em mim bruscamente uma sensação de preocupação, como se uma armadilha estivesse montada à minha volta.

— O que você está olhando?

Ela estava deitada no sofá. Sua saia e seu pulôver estavam largados sobre a mesa de centro.

— Estou esperando o *bateau-mouche* passar – eu disse.

Abri um pouco a janela. O cais Conti estava já por um longo momento vazio, aguardando o farol que fica na altura da Pont-Neuf abrir. E, antes que os poucos carros voltassem a aparecer, prevalecia o silêncio, o mesmo que meu pai certamente conhecera durante as noites da Ocupação[5], atrás da mesma janela.

Naquela época, o café em frente não reluzia e a colunata do Louvre estava mergulhada na escuridão. A vantagem, agora, era poder saber onde morava o perigo: aquela luminosidade do outro lado do Sena.

5 Referência à Ocupação alemã de Paris, entre 1940 e 1944.

— Preciso sair para o encontro.

Eu tinha consultado meu relógio. Quinze para as dez.

Ela se sentara na beirada do sofá. E apoiava o queixo nas palmas das mãos.

— Você é obrigado a ir?

— Se eu não for agora, esse sujeito não irá me largar... é melhor me livrar dele de uma vez por todas o quanto antes.

Repeti que se tratava de um antigo parceiro de meu pai. Queria ter-lhe contado a verdade. Contive-me a tempo. Ela preferia me acompanhar a permanecer no apartamento sozinha. Saímos com o cachorro. Ela achava que iríamos ao café a pé, simplesmente atravessando a ponte des Arts. Mas eu disse que seria melhor pegarmos o carro.

Na hora de pegar a ponte do Carrousel, quase pedi que ela continuasse em frente, no próprio cais. Depois, já na margem direita, à medida que nos aproximávamos do café, pensei melhor. Eu estava pronto agora para encarar aquele encontro e tinha até mesmo certa pressa em ver o rosto daquele homem.

Paramos na esquina do cais com a rua do Louvre, na frente da entrada do café. Havia apenas um cliente, sentado no terraço. Lia um jornal aberto sobre a mesa, sem notar a chegada do nosso carro. Senti a mão de Gisèle apertar meu braço. Ela olhava para o sujeito, a boca entreaberta. Seu rosto ficou lívido.

— Não vá, Jean... eu lhe peço.

Fiquei chocado com ela me chamando pelo nome. Ela me segurava pelo braço.

— Por quê? Você o conhece?

Ele continuava lendo o jornal, sob a luminosidade do neon. Antes de virar uma página, passava o dedo indicador na língua.

— Se você falar com ele, estaremos perdidos... Eu já tive que lidar com ele uma vez...

Uma expressão de pavor deixava os traços de seu rosto crispados. Mas eu estava muito calmo. Acariciei-a delicadamente na testa e nos lábios. Senti vontade de beijá-la e de lhe murmurar palavras tranquilizadoras. Apenas disse:

— Não tenha medo... Esse sujeito NÃO PODE FAZER NADA CONTRA NÓS...

Ela tentou me segurar novamente, mas eu abri a porta do carro e saí.

— Espere-me aqui... Se demorar demais, volte para o apartamento.

Pela primeira vez na vida eu me sentia seguro de mim mesmo. Minha timidez, minhas dúvidas, o hábito de pedir desculpas pelos menores gestos, de me depreciar, de dar sempre razão aos outros e não a mim, tudo isso tinha desaparecido como uma pele morta que se descola do corpo. Via-me num desses sonhos em que deparamos com os perigos e os tormentos do presente, mas conseguimos evitá-los, pois já conhecemos o futuro e nos sentimos invulneráveis.

Empurrei a porta de vidro. Ele ergueu a cabeça. Um homem com cerca de 40 anos, cabelos castanhos, uma calvície em forma de tonsura. Usava um sobretudo marrom-claro.

Fiquei parado à sua frente.

— Sr. Guélin, eu suponho?

Ele me observou com um olhar frio, como se calculasse o preço que me faria pagar pela minha aparente desenvoltura.

— Estaremos melhor lá no fundo...

Sua voz era mais metálica do que ao telefone. De pé, com seu sobretudo, seus ombros largos e seu corpo atarracado, além daquela careca sobre o rosto agressivo, ele me fazia lembrar a figura de algum ex-jogador de futebol.

Ocupamos uma mesa no fundo do café, com ele sentado sobre o banco de couro vermelho junto à parede. Não havia mais ninguém. A não ser um homem de paletó no balcão, onde se vendiam cigarros, mas que parecia ignorar nossa presença.

Ele se apoiava na mesa, os cotovelos afastados, e me observava com seus olhos frios, o queixo levemente erguido:

— Você fez muito bem em vir aqui... senão sua situação poderia se complicar...

Procurava fazer com que eu desviasse o olhar ou baixasse os olhos. Mas não, ele não conseguiu que isso acontecesse. Cheguei até mesmo a aproximar meu rosto do dele, como que a desafiá-lo.

— Algo muito grave aconteceu ontem à tarde em Neuilly... Você sabe do que estou falando, não é?

— Não.

— Verdade? Você é um menino inteligente, e é melhor se abrir comigo...

Eu não baixava os olhos, e seu rosto estava tão próximo do meu que nossas testas quase se tocavam. Seu hálito cheirava a algum aperitivo de anis.

— Para começar, você é menor de idade... E a sua namorada se prostitui já faz algum tempo...

Essas palavras foram pronunciadas com uma voz neutra, mas ele atentava para minha reação.

Fiz um esforço para sorrir, um sorriso bastante largo que devia lembrar uma careta.

— Ela frequenta um apartamento, na rua Desaix, número 34... Conheço muito bem o endereço e a dona de lá... e até mesmo a maioria dos clientes... Suponho que você também conheça, não?

Lembrei-me da noite em que fiquei esperando por ela na frente de alguns prédios. O viaduto do metrô elevado no final da rua. E o muro infindável do quartel Dupleix. Enxerguei-a saindo de um dos prédios e caminhando na minha direção.

— Imagino que você também conhece o marido da sua namorada?

— Não tenho nada a ver com tudo isso, senhor.

Eu tinha assumido um tom pensativo, ausente.

— Sim, sim, você tem a ver com tudo isso, sim. E você vai me contar em detalhes o que aconteceu ontem à tarde.

O jornal estava dobrado no bolso de seu sobretudo. Pouco tempo antes eu tinha pedido a Gisèle que me trouxesse aquele mesmo jornal vespertino, mas ela se esquecera de fazê-lo.

— Não aconteceu nada ontem à tarde.

Tinha me afastado dele para não ficar sentindo aquele hálito de anis. Apoiei-me no espaldar da cadeira.

— Nada? Você está brincando comigo...

Ele cruzou os braços.

Eu não conseguia tirar os olhos do jornal que estava no bolso dele. Talvez ele o pegasse, abrisse e me mostrasse a fotografia do homem que nós tínhamos visto entrar no carro de Ansart e dizer que o corpo dele fora encontrado boiando nas águas sob a ponte de Puteaux. Mas essa perspectiva me deixava indiferente. Foi apenas mais tarde, perto dos 30 anos de idade, que comecei a sentir vagos remorsos ao pensar em alguns episódios do passado, como o equilibrista que sente uma vertigem retrospectiva depois de atravessar o abismo caminhando em seu cabo de aço.

— Venha comigo agora na casa de uns amigos. E o aconselho a nos dar boas explicações, caso contrário correrá o risco de ter sérios aborrecimentos...

O tom era imperativo, sem admitir contestações. Seus olhos duros continuavam fixos sobre os meus. Senti que eu perdia o controle, mas, para alimentar minha coragem, falei:

— Mas quem é você exatamente?

— Sou um amigo muito próximo do sr. Samson.

O que ele queria insinuar com isso? Que trabalhava na polícia?

— O que significa ser um amigo muito próximo?

Sentiu-se incomodado com a minha pergunta. E retomou:

— É uma pessoa que pode mandar você imediatamente para a cadeia de menores.

Produziu-se, então, um fenômeno curioso: eu não tinha baixado os olhos, e o sujeito começava a perder seu equilíbrio. Pouco a pouco ele me levou a pensar naquelas dezenas de indivíduos que se encontravam com o meu pai no hall de algum hotel ou em cafés como aquele onde estávamos. Eu o acompanhava frequentemente. Tinha 14 anos, mas observava todas aquelas pessoas sob a luminosidade do neon. Por trás do mais elegante deles, aquele que à primeira vista parecia absolutamente respeitável, eu sempre conseguia enxergar um feirante em situação de enorme dificuldade.

— O senhor quer cuidar da minha formação? É por isso?

O sujeito pareceu desconcertado.

— Logo você vai parar de querer dar uma de espertinho.

Mas já era tarde demais para ele. Ele se afastava no tempo. Ia se juntar a todos os outros figurantes, todos aqueles pobres elementos coadjuvantes de todo um período de minha vida: Grabley, a mulher dos cabelos cor de palha, a Tomate, o apartamento sem mobília, um velho sobretudo azul-marinho em meio à multidão de passageiros na estação de Lyon...

— Até logo, senhor.

Saí do café. Na rua, da pequena praça ao lado, ela me viu. Fez um sinal com o braço. Tinha estacionado o carro à sombra da igreja de Saint-Germain-l'Auxerrois.

*

— Fiquei com medo de que ele levasse você...

Sua mão tremia. Teve de virar a chave várias vezes até conseguir ligar o carro.

— Não precisava ter medo – eu disse.

— Ele estava aquele dia na sala quando fui interrogada por outro homem. Mas eu já o conhecia de antes... Não falou nada sobre mim para você?

— Não. Nada.

Seguimos pela rua de Rivoli. Mais uma vez eu me sentia tomado por uma sensação de euforia. Se continuássemos em frente pelas arcadas entre as quais brilhavam as luzes dos postes a perder de vista, desembocaríamos em uma grande praça à beira do mar. Através da janela aberta, eu já respirava a brisa do oceano.

— Jura que ele não lhe falou nada sobre mim?

— Juro.

O que aquele fantasma me dissera já não tinha a menor importância: a Petite-Roquette, o número 34 da rua Desaix e a tarde em Neuilly em que "algo grave" acontecera. Tudo isso estava agora tão distante... Eu tinha dado um salto para o futuro.

— É melhor não ficarmos no apartamento esta noite.

Por mais que eu lhe dissesse que não corríamos o menor risco, ela parecia tão inquieta, tão nervosa, que acabei lhe dizendo:

— Vamos aonde você quiser…

Senti um aperto no coração ao vê-la ainda prisioneira daquelas sombras e daqueles acontecimentos que já me pareciam superados. Era como se eu já tivesse atingido o alto-mar e a visse atrás de mim ainda se debatendo contra a corrente.

*

Voltamos ao apartamento do cais Conti para pegar as malas dela. Ela me aguardou ao pé da escadinha que levava ao quinto andar.

No momento em que eu abria a porta da despensa, o telefone tocou. Ela ficou petrificada, olhando para mim.

— Não atenda.

Desci a escada com as duas malas e entrei no escritório. A campainha do telefone continuava a tocar. Procurei pelo fone tateando no escuro:

— Alô…

Silêncio.

— Você ainda está no café, Guélin? – perguntei.

Nenhuma resposta. Eu parecia ouvir a sua respiração. Ela pegou a extensão. Estávamos de pé, perto de uma das janelas. Não consegui deixar de dar uma olhada para o outro lado do Sena. O café, ali, ainda estava iluminado. Eu disse:

— Tudo bem, seu velho babaca?

Uma respiração, mais uma vez. Parecia um sopro de vento em meio a folhagens. Ela queria que eu desligasse, segurando forte o fone tentando arrancá-lo de mim, sem conseguir. Eu continuava com ele grudado em minha orelha. Certa noite, num horário semelhante, no mesmo local, durante a Ocupação, meu pai recebera um telefonema parecido. Ninguém respondia do outro lado da linha. Era, certamente, um homem como esse que eu havia encontrado pouco antes, de cabelos castanhos, meio careca, com um sobretudo marrom-claro e que pertencia ao Serviço Permilleux, encarregado de localizar judeus clandestinos.

Um chiado, e desligaram.

— Precisamos sair daqui imediatamente – disse ela.

Ela pegou uma das malas, a mais leve, e atravessamos o vestíbulo. No momento de sair, coloquei a outra mala no chão.

— Espere um pouco. Já volto...

Subi rapidamente a pequena escada para o quinto andar e peguei alguns livros que haviam restado nas prateleiras entre as duas janelas do quarto, incluindo *Às almas sensíveis*.

Fiz uma pilha e a embrulhei num dos lençóis da cama, formando uma trouxa. Esses livros já estavam ali muito antes da chegada de meu pai ao apartamento. Tinham sido esquecidos pelo antigo locatário, o autor de *A caçada*. Alguns deles traziam em sua folha de rosto o nome de um misterioso François Vernet.

Quando desci novamente, carregando meu saco improvisado, ela já me esperava no hall.

Bati a porta e, por levar comigo todos aqueles livros, tive a sensação de estar deixando aquele apartamento para sempre.

*

Dessa vez tínhamos deixado o cachorro no carro. Quando nos viu, ele soltou uma espécie de uivo e nos fez uma festa.

Guardamos as duas malas e a trouxa de livros no porta-malas.

— Aonde vamos? – perguntei.

— Ao hotel onde eu tinha reservado um quarto.

Pensei no recepcionista noturno, em seu queixo quadrado, nos seus lábios finos e no olhar de desprezo que nos dirigiu naquela noite. Agora eu não tinha mais medo dele.

Nem ela, aliás, pois logo me disse:

— Devíamos ter dado um dinheiro, que ele nos deixaria entrar.

Virei-me para ela.

— Você tem um pouco de dinheiro para a viagem a Roma?

— Sim. Guardei 30 mil francos.

Com o dinheiro de Dell'Aversano e de Ansart, isso chegava a mais de 40 mil francos para nós dois.

— Metade está em uma das malas e o restante na casa de Saint-Leu-la-Forêt. Preciso passar lá amanhã para pegar.

Não ousei lhe perguntar sobre a origem desse dinheiro. Seriam economias do marido? Ou seria o que ela conseguira ganhar no número 34 da rua Desaix, naquele apartamento ao qual se havia referido o sujeito no café algumas horas antes? Mas isso não tinha importância. Era passado. Em Roma, numa noite de primavera, nós começaríamos a viver a nossa verdadeira vida. Esqueceríamos todos aqueles anos de adolescência e até mesmo os nomes de nossos pais.

Avançamos pelos cais. A fachada sem luz da estação d'Orsay, com seus guarda-ventos enferrujados que já não abriam para mais nada. E o hotel, no mesmo edifício que a estação. Paramos no farol vermelho e pude enxergar a entrada e a recepção.

Ela perguntou:

— Quer pegar um quarto aí?

Seríamos os únicos hóspedes daquele hotel, que do lado externo se confundia com a estação desativada.

Às vezes sonho que estou com ela bem no meio do hall da recepção. O recepcionista noturno veste um uniforme puído de chefe de estação. Ele acaba de nos dar a chave do quarto. O elevador não funciona mais, então subimos por uma escada de mármore. No primeiro andar, procuramos, em vão, pelo nosso quarto. Atravessamos o enorme refeitório mergulhado na penumbra e nos perdemos pelos corredores. Acabamos desembocando numa antiga sala de espera iluminada apenas por uma lâmpada que pende do teto. Sentamo-nos no único banco que restou. A estação não funciona mais, mas nunca se sabe: o trem para Roma pode passar ali por engano e parar por alguns segundos, tempo suficiente para embarcarmos em um de seus vagões.

*

Estacionamos o carro na esquina da avenida Suffren com a pequena rua do hotel. Eu peguei as duas malas e ela a trouxa de livros. O cachorro ia à nossa frente, sem coleira.

A porta do hotel não estava fechada como na primeira vez. O mesmo recepcionista noturno estava atrás do balcão da recepção. Não nos reconheceu de imediato. Olhou de modo desconfiado para a trouxa de lençol nas mãos de Gisèle e para o cachorro.

— Queremos um quarto – disse Gisèle.

— Não oferecemos quartos para apenas uma noite – disse o recepcionista em tom glacial.

— Por quinze dias, então – eu disse com uma voz suave. — E posso pagar em espécie, se preferir.

Tirei do bolso do sobretudo o maço de notas que Dell'Aversano me dera.

Ele se mostrou interessado e disse:

— Cobro meia diária pelo cachorro.

Foi nesse momento que ele me reconheceu e fixou em mim seus olhos de crupiê.

— Você esteve aqui outro dia... era irmão da senhorita... Mas preciso de alguma prova disso...

Enfiei algumas notas de 100 francos no bolso do peito de seu paletó. Seu olhar se suavizou.

— Obrigado, senhor.

Ele se virou e tirou uma chave de um dos escaninhos.

— É o quarto número três, para o senhor e para sua irmã...

Dirigia-se a nós, agora, demonstrando uma cortesia profissional.

— Fica no primeiro andar.

Entregou-me a chave e se inclinou em nossa direção.

— Para esclarecer... O hotel agora só ocupa o primeiro andar do prédio. Todo o resto é de apartamentos mobiliados.

Sorriu.

— Evidentemente, não é algo muito regulamentar... Mas existem muitas coisas na vida que não estão muito de acordo com as regras, não é?

Peguei a chave, uma chave simples e pequena de metal que não tinha aquele aspecto das chaves de hotel.

— Só para deixar claro, não poderei emitir nenhuma fatura para vocês, infelizmente.

A expressão de seu rosto era de quem pede desculpas.

— Não se preocupe – eu disse. — É muito melhor assim.

Subimos a escada, cujos degraus eram cobertos por um tapete vermelho já gasto.

Muitas portas, dos dois lados do corredor. Em cada uma estava escrito um número a lápis.

Entramos no quarto número três. Era espaçoso e com pé-direito alto. Uma porta-janela dava para a rua. Na cama, bastante larga, lençóis azul-celeste e um cobertor xadrez. Uma pequena escada de madeira branca levava a um mezanino. O cachorro se deitou no chão, ao pé da cama.

— Poderíamos ficar aqui até ir para Roma – disse Gisèle.

Claro que sim. E enquanto aguardássemos essa partida não deixaríamos o bairro de jeito nenhum, como aqueles viajantes que permanecem na sala de espera do aeroporto para pegar um voo de conexão. Não sairíamos nem mesmo do quarto ou da cama. E eu imaginava aquele sujeito do sobretudo marrom-claro de poucas horas antes tocando a campainha no apartamento do cais Conti logo de manhãzinha para nos pegar, como havia feito vinte anos antes com meu pai e como continuará a fazer por toda a eternidade. Mas ele jamais colocaria suas mãos em nós.

— Em que você está pensando? – ela perguntou.

— Em Roma.

Ela apagou o abajur da cabeceira. Estávamos na cama, sem ter fechado a cortina da porta-janela. Podia ouvir o barulho de vozes e batidas de portões provenientes do estacionamento em frente. Os reflexos de seu luminoso se projetavam sobre nós. Logo tudo ficou em silêncio. Sinto os lábios dela em minha têmpora e na minha orelha. Ela pergunta, em voz baixa, se a amo.

Acordamos no dia seguinte por volta das dez horas. Não havia ninguém na recepção do hotel.

Tomamos o café da manhã na rua do Laos, em um café que tinha o mesmo nome da rua.

Ela me disse que ia em seguida pegar o restante do dinheiro em Saint-Leu-la-Forêt e que esperava que "tudo corresse bem". Sim, ela corria o risco de encontrar o marido e outras pessoas que moravam na casa. Mas, no fundo, que importância isso podia ter? Não devia prestar contas a mais ninguém.

Propus que a acompanhasse, mas ela disse que seria melhor ir sozinha.

— Telefonarei à uma hora se precisar de você.

Voltamos ao hotel para ela anotar o número do telefone. O recepcionista ainda não estava lá, mas encontramos no balcão uma pilha de cartões de visita onde se lia: Hotel-pensão Ségur –apartamentos mobiliados, 7 bis rua da Cavalerie (15º) SUFFREN 75-55. Ela pegou um e guardou no bolso de sua capa.

Fomos até o carro. Ela me segurando pelo braço. Queria levar o cachorro junto. Sentou-se ao volante enquanto ele se acomodava no banco de trás. Encontrei um pretexto para não nos separarmos de imediato. Será que ela podia me deixar em alguma banca de jornal?

Pegou a avenida Suffren em direção ao Sena. Parou na frente da primeira banca de jornal.

— Até daqui a pouco.

Inclinou-se pela janela aberta e fez um sinal com a mão.

*

Guardei o jornal no bolso. Virei na primeira rua, à esquerda, segui por ela até desembocar em uma praça na qual havia um pequeno parque com um coreto ao centro.

Sentei-me num dos bancos perto do coreto para ler o jornal. À minha frente, a fachada do quartel Dupleix.

Sol. Um céu sem nuvens. No banco vizinho ao meu, uma mulher de cabelos castanhos com cerca de 30 anos supervisionava um menino que andava de bicicleta.

Fiquei surpreso ao ouvir a aproximação de um som de cascos de cavalo no asfalto. Um grupo de cavaleiros de uniforme militar entrava organizadamente no quartel. Lembrei-me de que nas manhãs de domingo de minha infância eu ouvia esse mesmo som de cascos de cavalo quando o cortejo da Guarda Republicana passava pelo cais.

Na página policial, não encontrei a foto do homem que eles tinham feito entrar no carro na tarde de domingo. Nada sobre Ansart nem sobre Jacques de Bavière ou Martine Gaul.

Lembrei que na noite anterior estivéramos muito perto dali e decidi caminhar até a rua Desaix, sem saber exatamente onde ela se situava. Bastava, porém, seguir o muro do quartel.

Reconheci o prédio do número 34. Sim, foi ali que eu a tinha esperado. Ao longe, à esquerda, o viaduto do metrô elevado marcava o final da rua. Em qual andar ficaria o apartamento?

Refiz o trajeto e mais uma vez cheguei à praça, na frente do quartel.

Fui até a avenida Suffren e a ruazinha do hotel.

A recepção continuava deserta. O telefone estava em cima do aparador de madeira sob os escaninhos das chaves. Era quase uma hora. Apoiei-me no balcão. Uma hora. Uma hora e quinze. Nada de o telefone tocar. Tirei o fone do gancho para ver se o aparelho estava funcionando e ouvi o som da linha.

Ela combinou de me encontrar por volta das duas horas no café da rua do Laos. Sem a menor vontade de subir até o quarto, saí e segui pela avenida Suffren, dessa vez no sentido contrário. A avenida estava mais agradável para esse lado. Na calçada oposta, os velhos edifícios da École Militaire. E a fileira de plátanos. Não veríamos as suas folhas na primavera seguinte, pois estaríamos em Roma.

À medida que eu caminhava, parecia que já estava em alguma cidade de outro país e que já me transformara em outra pessoa. O que eu tinha vivido em minha infância e nos poucos anos que se seguiram até o encontro com Gisèle, tudo isso se descolava de mim aos poucos, como em farrapos, diluindo-se, a tal ponto que de tempos em tempos eu me obrigava a um último esforço para resgatar alguns fragmentos antes que se volatilizassem para sempre: os anos do colégio, a imagem de meu pai com seu sobretudo azul-marinho, minha mãe, Grabley, os reflexos das luzes do *bateau-mouche* no teto do quarto...

Às dez para as duas, cheguei ao café da rua do Laos. Ela ainda não estava ali. Queria lhe comprar um buquê de rosas na floricultura do outro lado da rua, mas não tinha trazido dinheiro. Fui até o hotel. Ao entrar, deparei com o recepcionista noturno, que estava atrás do balcão da recepção.

Ele me olhou fixamente. Estava todo enrubescido.

— Senhor…

Ele não encontrava as palavras, mas, antes mesmo que dissesse qualquer coisa, eu já tinha entendido. Sua amiga. Um acidente. Logo depois da ponte de Suresnes. Encontraram um cartão de visita do hotel no bolso de sua capa e ligaram para cá.

Saí maquinalmente. Na rua, tudo se mostrava leve, límpido, indiferente, como um céu de janeiro quando está azul.

O UM C
O UM CIRCO
CK MODIANO UM CIRCO PASSA
UM CIRCO PASSA PATRICK
ON
ATRIC

SA PATRICK

RCO PASSA PATRICK

PASSA PATRICK

MODIA PATRICK

PATRICK

PASSA PATRIC

PASSA

MODIANO UM CIRCO

Posfácio

Modiano e seus mistérios

BERNARDO AJZENBERG

Este é um Modiano típico: um enredo que se instala aos poucos, sem pressa, num ritmo narrativo tão próprio, traçado com delicadeza em contornos nem sempre nítidos, idas e vindas no tempo e no espaço, personagens cheios de segredos, pistas que embaralham nossa imaginação de forma estimulante induzindo-nos a construir, como leitores, as nossas próprias imagens dentro de uma atmosfera, no entanto, firmemente estabelecida pelo autor.

Aí reside a magia de Modiano, ficcionista que confia e aposta na inteligência e na criatividade imaginativa do leitor. Apesar das descrições inúmeras vezes propositadamente fugidias, tanto de personagens quanto de lugares ou cenários, sua mestria cirúrgica nos proporciona elementos precisos e essenciais – as malas pesadas e a capa usada por Gisèle, o roupão de Grabley, o sorriso sinistro de Ansart ou os reflexos das luzes dos *bateaux-mouches* nas paredes e no teto do quarto de um apartamento, um cachorro – que funcionam como corrimãos de esteiras rolantes fazendo-nos avançar ininterruptamente numa imersão à beira do onírico. Esse percurso nunca é previsível, linear, tampouco incrementado por pirotecnias ou jogos artificias de tipo folhetinesco.

A Paris dos anos 1960, ainda sob o impacto da Ocupação alemã na Segunda Guerra, mas à véspera de mudanças profundas, surge a partir de um narrador de 18 anos marcado pelo abandono – tema tão caro a Modiano, nascido em 1945, com uma infância nômade e recheada de lacunas em seu histórico familiar – e pela ausência de perspectivas pessoais ou profissionais. Ele se agarra a uma jovem com poucos anos a mais, muito mais experiente, uma história nebulosa por trás, mas tão perdida e abandonada quanto ele. Ambos se agarram um ao outro, na verdade. Vivem uma sensualidade discreta, feita de olhares e pequenos gestos. Precisam tomar decisões difíceis e inéditas, sem nenhuma clareza sobre a viabilidade de seus sonhos e desejos. Não se conhecem bem, desconfiam das versões um do outro – especialmente Jean em relação a Gisèle –, guardam segredos. Estão em fuga não sabemos exatamente do quê. A possibilidade de um emprego em Roma, para ele, aparece como um farol em meio a um mar turbulento, cheio de riscos e movimentos dos quais não sabemos – até o fim – se os personagens sairão ao menos relativamente ilesos. Eis um retrato possível de uma juventude esmagada que viveu entre os horrores da Segunda Guerra e as conquistas comportamentais e políticas que chegariam a partir do final da década de 1960.

Figuras surgem e desaparecem de uma hora para outra, como na vida real da Ocupação e do pós-guerra. Entrelaçam-se personagens do *bas-fond* parisiense, obscuros, evasivos, enigmáticos, de passado ambíguo. O que faziam o pai do narrador que fugiu para a Suíça e seu braço-direito Grabley? De que viviam afinal Pierre Ansart e Jacques de Bavière, tão simpáticos como sórdidos e ameaçadores? Há dançarinas melancólicas, senhorinhas desconfiadas, investigadores suspeitos, um marido ou ex-marido de quem sabemos muito pouco, mas que trabalhou em um circo e cuja sombra atravessa os acontecimentos.

Modiano é um mestre no trato com a memória e o esquecimento. O próprio suspense de traços policiais presente em *Um circo passa* é apenas sugerido, oscilante, misturando uma ameaça real que paira no ar sobre Gisèle com as atividades obscuras da dupla Ansart-Bavière e as promessas intangíveis do emprego em Roma feitas pelo comerciante de quinquilharias Dell'Aversano. O título do livro em si, enigmático, reverbera e amplia essa atmosfera. O que é esse circo que passa? A vida que deixa para trás inúmeras de nossas peles? As pessoas que nos acompanham por algum tempo e depois se afastam ou esvaem, engolidas pelas nossas próprias histórias? As circunstâncias?

Como em tantos outros livros do autor, Paris comparece não só como cenário, mas como personagem. Suas praças, monumentos, bulevares, cafés, avenidas, casas noturnas, parques, jardins, becos, ruelas, pontes, monumentos, edifícios históricos, salas de cinema, museus, o rio Sena, antiquários, cabarés – esses elementos nos contam histórias, nos envolvem, nos engolem como leitores. No discurso pronunciado em Estocolmo ao receber o Prêmio Nobel de Literatura, em dezembro de 2014, Modiano evoca os "mistérios" de Paris e conta como foi levado a explorar a cidade desde a infância: "Por volta dos 9 ou 10 anos, eu saía de vez em quando para passear sozinho e, apesar do medo de me perder, ia cada vez mais longe, a bairros que não conhecia, na margem direita do rio Sena [...] No começo da adolescência, eu me esforçava para lutar contra o meu medo e assim me aventurava à noite em bairros ainda mais distantes, de metrô. É desse modo que se faz o aprendizado da cidade..."[1].

1 Discurso do Prêmio Nobel de Literatura 2014, Patrick Modiano. Trad. Cecília Ciscato. Editora Rocco, 2014.

Mas a cidade é feita de pedra e carne, e, a respeito de seus habitantes, no mesmo discurso ele ensina: "Sempre acreditei que o poeta e o romancista conferem mistério aos seres que parecem submersos na vida cotidiana, às coisas aparentemente banais – e isso de tanto observá-los com uma atenção constante e de maneira quase hipnótica. Sob seu olhar, a vida prosaica acaba se envolvendo em mistério e adquirindo uma espécie de fosforescência que não tinha à primeira vista, mas que escondia nas profundezas. É papel do poeta e do romancista, e do pintor também, desvendar esse mistério e essa fosforescência que se encontram no íntimo de cada pessoa".

Como não poderia deixar de ser no caso de grandes escritores, Modiano é impregnado pelo seu tempo. Não apenas nos temas que aborda, mas também na forma de fazê-lo. Encaixa-se, como ele mesmo gosta de dizer, numa geração intermediária entre a dos grandes romancistas do século XIX e começo do século XX e aquela dos que buscam caminhos numa atualidade fragmentária, marcada pela superexposição das vidas privadas, pelas redes sociais, por formas de expressão literária ainda em surgimento no começo deste século XXI.

Com seus muitos mistérios – mais ou menos desvendados –, *Um circo passa* nos revela esse autor. Para quem o lê aqui pela primeira vez, constitui-se em uma refinada porta de entrada para o conjunto de sua obra, numa viagem por águas muitas vezes turvas, sempre carregadas de sensibilidade, com desafios e apelos à capacidade de nos deixarmos embalar por uma obra. Uma leitura suavemente embriagante, para não largar. Afinal, confia-se num Modiano como se confia no produtor ao comprar um vinho ou uma cachaça de alta qualidade: sabemos que não tem erro. O autor sempre entrega aquilo que se espera dele – e frequentemente mais, muito mais.

PATRICK MODIANO é escritor, prêmio Nobel de Literatura de 2014, reconhecido como um dos mais talentosos de sua geração. Nascido na França em 1945, é filho de mãe de origem belga e pai de família judia toscana, frequentemente personagem de seus livros. Negligenciado pelos pais, foi criado pelos avós e, depois, internado em um pensionato. Inscrito na faculdade de letras, mas sem acompanhar as aulas, ele circula, graças ao amigo Raymond Queneau, no meio literário e, em 1968, publica *A praça da Étoile* pela Gallimard. Em 1978, seu sexto romance, *A rua das butiques obscuras*, conquista o prestigioso prêmio Goncourt. Em 2014, recebe o Nobel pelo conjunto da obra, de mais de trinta livros. Com uma escrita voltada ao trabalho da memória, Modiano sabe recriar, como poucos, a atmosfera e os detalhes de épocas passadas. Paris, sobretudo durante a Ocupação alemã e os anos que se seguiram, é personagem frequente de seus livros. *Um circo passa* foi publicado na França em 1992 pela Gallimard e transformado em filme por Alain Nahum em 2009. Traduzido em diversas línguas, estava inédito no Brasil.

BERNARDO AJZENBERG é tradutor, escritor e jornalista. Verteu mais de cinquenta obras para o português, tendo recebido o prêmio Jabuti pela tradução de *Purgatório* (Companhia das Letras), em 2010. Como autor, publicou *A gaiola de Faraday* (Rocco, 2002, prêmio ABL de Ficção), *Minha vida sem banho* (Rocco, 2014, prêmio Casa de las Americas) e *Gostar de ostras* (Rocco, 2017), entre outros livros.

PREPARAÇÃO Andréa Stahel
REVISÃO Ricardo Jensen de Oliveira e Paulo Sergio Fernandes
CAPA Ana Santiago e Asad Pervaiz
PROJETO GRÁFICO DE MIOLO Bloco Gráfico

DIRETOR-EXECUTIVO Fabiano Curi

EDITORIAL
Graziella Beting (diretora editorial)
Livia Deorsola e Julia Bussius (editoras)
Laura Lotufo (editora de arte)
Kaio Cassio (editor-assistente)
Pérola Paloma (assistente editorial/direitos autorais)
Lilia Góes (produtora gráfica)

RELAÇÕES INSTITUCIONAIS E IMPRENSA Clara Dias
COMUNICAÇÃO Ronaldo Vitor
COMERCIAL Fábio Igaki
ADMINISTRATIVO Lilian Périgo
EXPEDIÇÃO Nelson Figueiredo
ATENDIMENTO AO CLIENTE Meire David
DIVULGAÇÃO/LIVRARIAS E ESCOLAS Rosália Meirelles

EDITORA CARAMBAIA
Av. São Luís, 86, cj. 182
01046-000 São Paulo SP
contato@carambaia.com.br
www.carambaia.com.br

Título original: *Un cirque passe* [Paris, 1992].

CIP-BRASIL. CATALOGAÇÃO NA PUBLICAÇÃO
SINDICATO NACIONAL DOS EDITORES DE LIVROS, RJ

M697c
Modiano, Patrick [1945]
Um circo passa / Patrick Modiano;
tradução e posfácio Bernardo Ajzenberg
1. ed. – São Paulo: Carambaia, 2023.
144 p.; 21 cm

Tradução de: *Un cirque passe*
ISBN 978-65-5461-000-1

1. Romance francês. I. Ajzenberg, Bernardo. II. Título.

23-82083 CDD: 843 CDU: 82-31(44)
Meri Gleice Rodrigues de Souza – Bibliotecária CRB-7/6439

ilimitada

FONTE
Antwerp

PAPEL
Pólen Bold 70 g/m²

IMPRESSÃO
Ipsis

PATRICK MODIANO

UM CIRCO PASSA

PATRICK MODIANO

UM CIRCO PASSA

CIRCO P

UM CIRCO PASSA PATRICK MODIANO